Der Mann ohne Plan
oder
The Man and the Many

AF191288

M. hat einen Suizidversuch überlebt. Hineinge-
boren in die Boomer-Generation und aufgewachsen in einer spätmodernen, westlichen Gesellschaft, sieht er sich vor die Aufgabe gestellt,
sich selbst (er-)finden zu müssen. Dem ist M.
nicht gewachsen.

Während er nun nach seiner Genesung wenig
vielversprechend einen Weg sucht, seine »*Zweite
Chance*« zu leben, indem er sich von der realen
Welt abschottet, um sich in die virtuelle Welt zu
retten, gerät er genau dort in die unausweichliche Lage, sein altes Leben noch einmal durchleben zu müssen. Mit überraschender Erkenntnis.

Jürgen Walter Günter Mick, 1964 geboren in Augsburg,
ist Autor, Musiker und gelernter Architekt. Während seiner Schulzeit beginnt er mit dem Schreiben von Gedich-
ten und Liedern und studiert Philosophie. Er arbeitet als
Musiker, Soldat, Barkeeper und Architekt. Literarisch be-
fasst er sich vorwiegend mit Essays, Lyrik, Erzählungen
und Dramen.

Der Mann ohne Plan

oder
The Man and the Many

Jürgen Mick

Ein Kammerspiel nach der Idee von
Jürgen Mick und *Hermann Dieminger*
inspiriert durch Zeichnungen von
Thomas Schaller

Bibliografische Information der Deutschen Nationalbibliothek: Die Deutsche Nationalbibliothek verzeichnet diese Publikation in der Deutschen Nationalbibliografie; detaillierte bibliografische Daten sind im Internet über http://dnb.dnb.de abrufbar.

Herstellung und Verlag:

BoD – Books on Demand, Norderstedt

ISBN: 978-3-758-31429-2

»We are here to be together.«

(Woodstock-Festival 1969)

CHARAKTERE & GEISTER

M.

Teufel (aka Ziggy S. DeVille)

Betula B.

The Many

Traumdoktoren

Captain Clio

Zeitgeistin

7 Todsünden der Moderne

Mr. MTV

Good Fairies

Dr. Robot

PROLOG

BETULA:

»Wir hatten seit mehr als dreißig Jahren nicht voneinander gehört, als das Telefon klingelte und M. mich unvermittelt fragte, ob ich ihm den Gefallen tun könnte, ihn vom Krankenhaus abzuholen und ihn »endlich nach Hause zu bringen«, wie er sich ausdrückte.

Als ich den Wagen stoppte, wie von ihm angewiesen, standen wir vor einer Villa – ehemals die seiner Großtante –, und er dankte mir und verabschiedete sich mit den Worten, er wollte eigentlich seine Wohnung niemals wieder betreten, aber ... Mit einem Achselzucken stieg er aus dem Wagen.

Das ereignete sich zwölf Monate nachdem er seinen Selbstmordversuch überlebt hatte. Von dem ich erst während dieser Fahrt erfahren hatte. Nie zuvor sprach er so offen zu mir, wie auf jener Autofahrt. Ich fühlte mich ihm näher denn je. Er müsse jetzt viel nachdenken sagte er mir, »Nicht jeder bekommt eine zweite Chance!« *Damit hatte er verdammt recht, doch gleichzeitig grinste er dabei so ungläubig, dass es mir schwerfiel, ihm abzunehmen, dass er daran wirklich glaubte.*

Vielmehr schien seine Mimik sagen zu wollen: »Mal sehen, wie lange ich es diesmal durchhalte!«

Als ich losfuhr, nachdem ich noch einige Minuten still verharrend im Wagen über seine Worte nachgedacht hatte, sah ich noch, wie er dabei war sämtliche Vorhänge und Jalousien zuzuziehen. Ich war mir nicht sicher, ob er gezögert hatte, um mich doch noch zu küssen?«

Teil 1

1.

Der Aufenthalt in der Rehabilitations-Klinik dauerte beinahe ein Jahr. Man hat sich sowohl körperlich als auch mental fürsorglich um M. gekümmert und ihn letztendlich als psychisch stabil eingestuft entlassen. Es war eine anstrengende Zeit und M. fühlt sich bis heute immer noch leer, gleichzeitig auch irgendwie erleichtert, wenn er auch keine Ahnung hat, was er nun mit dem wiedergewonnen Rest seines Lebens anfangen soll. Das mit dem Glück und dem Schmied haben sie ihm in der Therapie zur Genüge versucht klar zu machen, aber das war ihm doch nichts Neues, es kam ihm so alt und so verdammt bekannt vor. Und jedes Mal, wenn er darüber nachdenkt, tut sich ihm wieder der Spalt auf zwischen Einsicht und Handeln, zwischen Philosophie und Leben. Für ihn steht nur eines fest, dass er an sein altes Leben nicht wieder wird anknüpfen können.

M. legt im Flur seine Sachen ab und schließt anschließend als erstes die Fensterläden seines alten, neuen Zuhauses, das ihm gänzlich fremd erscheint. Er lässt alle Jalousien herunter und, als sei dies nicht genug, zieht er noch sämtliche Vorhänge vor die mannshohen Fenster. Die alte Villa hat ihm schon immer Angst oder zumindest Respekt eingeflößt. Heimisch hat er sich hier nie gefühlt. Auch nicht damals, als er noch zu Besuch hierhergekommen war. Zumeist in den Ferien, für einige Tage, immer dann wenn seine Eltern für sich sein wollten. Da er sie nun alle überlebt hatte, sowohl seine Eltern, als auch seine Großtante, die letzte stolze Besitzerin des Anwesens, kann er sich Eigentümer dieses herrschaftlichen Hauses bezeichnen. Wohl fühlt er sich dennoch nicht. Als Erbe beschleicht ihn sowieso stets das Gefühl einer Spezies der Schmarotzer anzugehören. Er hat es sich nicht verdient, hier zu leben, was er aber auch zu keiner Zeit angestrebt hat. Auffallend ist, mittlerweile stört er sich an derlei Dingen kaum noch ernsthaft. Vieles in seinem Leben ist nicht so gelaufen, wie er sich das vorgestellt hatte. Man gewöhnt sich daran. Und im Vorstellen, da ist er schon immer Weltmeister gewesen. Er denkt ungern zurück, an die ganzen Spinnereien und Utopien, die er sich ausgemalt hatte, von einer gerechten und vernünftigen Welt und einer Menschheit, die von der reinen Wissenschaft geleitet im Jahre 2050 schließlich friedfertig auf dem Mond in phantastischen Glaskugeln wohnen würde und mit ihren Kindern jeden Sonntag einen Ausflug zu den berühmtesten Kratern machen würden. Fortschritt galt ihm einst noch als Verheißung, als das Versprechen auf eine bessere Zukunft. Doch mehr als Sentimentalität ist daraus nicht geworden.

Es ist beschlossene Sache und eigentlich das Resultat seiner lang andauernden Grübelei gegen sein eigenes Leben und sich selbst: Er will sich dieser Prozedur nicht länger aussetzen, nicht länger nachdenken, endlich seinen Frieden finden! Er kehrt nun endgültig der Welt dort draußen den Rücken. Er wird sich allem weiteren Scheitern schlicht verweigern. Weltverweigerung scheint seine noch einzig verbliebene Motivation, angesichts der gescheiterten Utopien und einer offensichtlich dem Schwachsinn verfallenen Menschheit. Die Welt hat ihn nicht weniger als um sein Leben betrogen, weshalb sollte er noch einmal einen Schritt - nach draußen -, auf sie zugehen? Er wollte es deswegen schon einmal beenden, und wenn es nun –

wie es aussieht – sein Los ist, weiter machen zu müssen, dann in seiner eigenen, selbstgewählten Welt, in der er der Held ist! Es gibt niemanden, dem er noch verbunden ist. Gewiss ist diese Entscheidung auch zum Teil seiner bevorzugten Situation geschuldet, in welche ihn die unerwartete Erbschaft gebracht hat, die es ihm erlaubt, sich abzuwenden. Er ist versorgt bis zu seinem Ende, wenn er nicht noch große kapitalistische Fehler begehen wird. Es ist so etwas wie der Vorschuss für sein Ende. Er sitzt im gemachten Nest, in einer sicheren, behüteten Welt. Und ja es stimmt, noch nie zuvor ging es der Menschheit so gut wie heute, – aber ist die Utopie seiner Generation deshalb schon aufgegangen? Noch nie erschien ihm die Welt auch so irre, und er kann sich, gemessen an den äußeren Umständen, selbst noch zu den Glücklichsten zählen, denen es unverschämt gut geht! Weswegen, ist er es dann nicht? Was hindert ihn glücklich zu sein? Diese Widersprüche lähmen ihn, machen ihn selbst irre und hindern ihn irgendetwas zu tun. Es sind die unauflösbaren Wiedersprüche, die er schon einmal glaubte, nicht mehr aushalten zu können. Sollte er sich deswegen schämen? Kann er selbst etwas dafür? Verpflichtet ihn der Vorzug seiner Geburt und Existenz zu irgendetwas? Jede Generation ist eine geworfene, in eine Welt, die sie selbst ja nicht gemacht hat. War es etwa seine Entscheidung – 1964 –, auf diese Welt zu kommen? Keineswegs will M. ungerecht sein, denen gegenüber, die es nicht so gut getroffen haben. Aber auch das liegt außerhalb seines Verantwortungsbereiches; der – und das ist ihm wahrscheinlich das Schlimmste – ihm immer mehr abhandenkommt. Er war und ist nun einmal ein männliches, westliches, weißes Kind aus einer wohlbehüteten Kinderstube – ganz ohne sein Zutun. Und hat er es nun versaut?

M. greift zum Telefon und bestellt sich etwas zum Essen. Dann setzt er sich an seinen Computer. Ein weißer Lichtblitz durchzuckt das vollkommen abgedunkelte Zimmer, kurz bevor ein tief blauer Schimmer sich auf die Wände legt. Er startet ein Spiel, er ruft seine Welt auf! Endlich in seine Welt fliehen – und wenn Schopenhauer recht behalten sollte, wäre es eh immer nur die seine, die von ihm vorgestellte Welt, in die er sich begibt. Da soll es egal sein, ob sich ihm diese auf dem »Holo-Deck« realisiert. Das einzige Ziel ist schließlich, der Held des eigenen Lebens zu sein! Er selbst zu sein!

2.

Während die neuen Welten heraufziehen, die nie ein Mensch zuvor gesehen hat, unbekannte Universen das Zimmer erfüllen und das Spiel M.´s Avatar in Stellung bringt, versinkt M. in seinen Gedanken. Er fühlt sich wehrlos seinen Erinnerungen ausgeliefert und sieht sich plötzlich – wie aus sich herausgetreten – von außen, inmitten seiner ungezählten Kolleginnen und Kollegen seiner Generation. Er erkennt seine einstigen Schulfreunde und Betula, seine unvergessene Liebe und alle Gefährten seines Lebens. Zusammen mit den Gesichtern seiner Generation, steht er im Kreis um den spielenden M., beobachtend, wie der mit aufgerissenen Augen paralysiert in drei große Bildschirme starrt.

Gemeinsam stimmen die Vielen ein Lied an. Sie singen und resümieren über eine verspielte Generation, ihre Generation? Was ist deren Rolle heute, als Teil der alten, analogen Welt, die zu Ende geht und in der sie selbst die Letzten ihrer Spezies gewesen sein sollten? In ihrer Liebe zum Fortschritt und ihrer Unersättlichkeit am

Guten und ihrer Begeisterungsfähigkeit zur Illusion haben sie doch auch jene Gadgets und Chips erst ersonnen, die computergesteuert die Menschheit in die Globalisierung beförderten. Sie haben ja tatsächlich ins Leben gerufen, was in ihrer Kindheit noch als Science-Fiction galt. Und sie taten es nicht einfach so, sondern weil in einer vernetzten Welt der Zukunft niemand mehr den anderen als *»Feind«* bezeichnen sollte. In den unendlichen Weiten des Universums sollte Leben gefunden werden, das uns ungeahnte Erkenntnisse vermitteln würde und dem wir im Gegenzug Liebe und Frieden lehren würden. Ideale einer alten analogen Welt, die wir geradezu selbstverschuldet zu Grabe getragen haben? Weil wir sie eigentlich hinter uns lassen wollten, indem wir alles dem Fortschritt opferten, allein um des Fortschritts Willen!?

Gemeinsam singen die Vielen heute von ihrem Zuhause, in dem sie unantastbar sind, in das sie sich zurückziehen und von der neuen, digitalen Welt, dort draußen, in der sie die Ersten waren, diejenigen die sie entdeckt haben, ja eigentlich selbst kreiert haben und deren Gesetzmäßigkeiten sie dennoch nicht mehr verstehen und wahrhaben wollen? Die Letzten sollen die Ersten sein! Doch was nützt es ihnen, wenn die

Ersten schlussendlich zu alt sind, um noch zu verstehen? Sie fragen sich, wo war der Moment, als das Ende ihrer Individualität eingeleitet wurde? Ihre Chancen, Möglichkeiten und Hoffnungen auf eine intelligente, moderne Welt enttäuscht wurden, obgleich sie Teil und Ursache derer waren, die das Neue wollten und dabei lediglich das geliebte Alte zerstörten?

Der Chor verstummt, das Licht erlischt. Der Raum ist nur noch wohliger Uterus. M.´s Mimik verzerrt sich angestrengt, er verschmilzt mit seinem Avatar und mutiert zum Gamer. Für ihn gelten nun nur noch die Befehle der Maschine: *»Start the game! Load the weapon! Break the score! Be the hero of your game!«*

Aus den Lautsprechern dringen Detonationen, Motoren- und Düsenlärm, das Zischen der Raumschiffe, die durch Raum und Zeit schießen. Schüsse und Schreie, Schussfeuersalven versetzen den Gamer in sein selbstgewähltes Inferno aus Feuer, Blitzen, Rauch und Trümmern, das er beherrscht! M., der Gamer kämpft um sein Leben – endlich – hier ist er Gott!

3.

Der Gamer stürmt im Lichtkegel seiner persönlichen Drohne durch die Gassen und Straßen einer zerschossenen, menschenleeren Siedlung. Plötzlich hält er inne. Aus einem der zertrümmerten Häuser vermeint er einen Schrei oder ein Rufen gehört zu haben. Er dringt in die Ruine des Wohnhauses, seine Drohne dicht bei ihm, den Weg erhellend. Vielleicht lassen sich noch Zivilisten retten. Hektisch kämpft er sich über Schutt und durch Berge von Trümmern. Er will helfen. Raum um Raum durchsucht er die dunkle Behausung, die von Staub durchsetzte Luft erschwert das Atmen und lässt keinen weiten Blick zu. Am Ende des Flurs angekommen bricht er die letzte noch verschlossene Tür auf. Mit größtmöglicher Aufmerksamkeit stößt er ins Dunkel vor. Seine Drohne zieht ihre Lichtspur durch die Finsternis. In das Zimmer dringt langsam die Staubfahne vom Flur herein. Im Lichtkegel seiner Drohne bemerkt er in einer Ecke des Raumes eine Bewegung auf dem Boden. Er kann sich gerade noch zurückhalten und unterlässt es, seiner ersten

Reaktion freien Lauf zu lassen und darauf zu schießen. Er erkennt ein kleines Kind, das noch zu jung scheint, um laufen zu können. Die Silhouette des Gamer zeichnet sich im Licht der offenen Tür ab und muss für das Kind erschreckend und Furcht einflößend sein. Doch es krabbelt unbeeindruckt von der Situation auf einer zerfetzten Matratze um ein Buch herum und deutet mit seiner kleinen Faust darauf, als habe es den Gamer erwartet, um ihm etwas zu zeigen. Der Gamer wischt sich den Schweiß aus den Augen und leuchtet die Ecke aus. Er legt seine Waffe ab und nähert sich der Matratze. Das Kind will ihn offenbar ansprechen, aber vermag noch keine Worte hervorzubringen. Der Gamer kniet sich nieder, beugt sich zu dem Kind auf die Matratze und versucht zu erkennen, worauf es die ganze Zeit hartnäckig hindeutet. Im Schein der Lampe erkennt er, ein aufgeschlagenes, reich bebildertes Buch, welches das Kind ihm offensichtlich zeigen will. Er setzt sich, nimmt wie selbstverständlich das Kind in den Arm und legt sich das Buch auf die Knie. Nach genauerem Betrachten der Bilder, kommen ihm die Darstellungen seltsam vertraut vor. Er sieht sich alles ganz genau an. Noch kann er nicht erinnern, wo er sie schon einmal gesehen hat, ja er ist sich nicht einmal sicher, ob er sie überhaupt je schon einmal gesehen hat. Vielmehr schickt ihm jede der abgebildeten Situationen einen Schauer über den Rücken. Alles ist sehr bekannt und irgendwie innig vertraut, aber ohne sich ihres Anblicks erinnern zu können. Als könnte er diese Momente wieder spüren, die Gerüche wahrnehmen und die Situationen erleben, so nah ist er den abgebildeten Situationen. Augenblicke der Ewigkeit vergehen, dann sieht er erschrocken zu dem Kind, das ihm jetzt ebenfalls unheimlich vertraut erscheint. Spontan klappt M. das Buch zu. Er will wissen, was er da in Händen hält. Die neun goldenen, in Leder gravierten Buschstaben auf dem Buchdeckel verraten ihm, es ist sein »LIFEALBUM«.

Dann sieht er das Kind mit neuen Augen an und weicht erschrocken zurück. Er ist drauf und dran aufzuspringen. Er erkennt sich in dem Kind wieder. Es ist das Kind, das er – M. – vor langer Zeit einmal war. Er sieht in seine eigenen Augen und sie sehen ihn an. Er fühlt, wie sich Blicke treffen, die es nicht geben dürfte. Das Kind öffnet ihm erneut den Buchdeckel und stiert M. dabei mit einem glühenden Blitzen in seinen gar nicht mehr kindlichen Augen an. Der unmissverständliche Blick lässt jeden Widerwillen in M. vergehen. M. weiß, dass es jetzt kein Entkommen mehr gibt. Er ist bereits auf der Reise durch das eigene ICH.

Teil 2

4.

Also, ich: Ich, M., bin ein Kind des 20. Jahrhunderts – wie der Zufall es will – im vierundsechzigsten Jahr geboren. Meine Wiege stand im Grünen und die Sommer waren heiß. Die Glocken klangen vertraut vom nahen Kirchturm herüber und die Tage nahmen ihren bedächtigen, regelmäßigen Lauf. Man prophezeite mir, es sollte nicht viel geschehen, wenn ich mich stets an die mir zugedachten Pflichten hielte. Und sofort stellte sich mir die erste Frage, auf die ich nie eine Antwort bekommen sollte: Wie konnte man nur immer wissen, was das Richtige zu tun wäre und was man denn konkret zu tun hatte? Keiner sagte einem klar und deutlich, was das Leben bringen sollte. Nur, dass man nicht abweichen durfte, das schien ausgemacht! Eigenlob stank noch, und der Esel nannte sich immer zuerst! Ich also, kam immer erst danach, nach den anderen. Alles war in Andeutungen verpackt und selbst das, was man Aufklärung nannte, kam in verschlüsselter Form und manchmal ganz überraschend daher. Als sprächen die Erwachsenen allwissend in geheimer Erwachsenensprache, die man erst zur Gänze verstehen würde, wenn man erwachsen sein würde. Bis dahin bestand die Welt hauptsächlich aus Metaphysik, ohne dass wir wussten, was das war. Jeder spielte seine Rolle todernst mit einer Selbstverständlichkeit, die einen nicht im Entferntesten daran denken ließ, dass etwas nicht so sein könnte, wie es schien. Nur unerklärlich für mich blieb, woher jedermann ganz selbstredend zu wissen schien, was er zu tun hatte. Ein Mann muss tun, was er tun muss, wie es so dumm hieß! Und selbst einige meiner Schulkollegen taten ständig so, als wäre alles klar!

Die größte Show im Dorf allerdings fand immer am Sonntag statt. Da musste jeder hin, daran war nicht zu rütteln. Zur Kirche hatte man zu gehen, egal wie alt und erfahren man war. Das Heilige besteht stets aus Grundsätzlichem und brutaler Konsequenz im Handeln. Man droht dort gerne! Dort, wo die wenigsten Abweichungen genehmigt sind, dort wird es am heiligsten. Das war beim Vater und beim Heiligen Vater, der aber nur immer seine Vertreter schickte. Man lernte schnell die Welt von Oben nach Unten zu lesen und begriff dabei instinktiv, dass Unten dort war, wo man sich selbst befand. Die einzige Hoffnung bot offenbar das Älterwerden. Wenn es eine Aussicht auf Aufstieg in der Hierarchie der Welt geben sollte, dann lag sie vor allem im Altern. So hieß es endlich erwachsen werden, dann musste es gut sein! Um das anständig über die Bühne zu bekommen, sollte man bis dahin die Regeln befolgen.

Jede Nacht fragte ich mich, ob ich heute wohl alles richtiggemacht hatte. Mein Verhalten niemandem Anlass zur Beanstandung gegeben hatte. Es waren mir die Schlimmsten Momente des Tages; den Tag Revue passierend erkennen zu müssen, dass ich jemanden ungerecht oder schlecht behandelt hatte. Das Tragische dabei war: Man konnte nie wissen, sich nie sicher sein, alles war Vermutung! Unsicherheit all über all! Das Klima war wie gemacht dafür, um größtmögliche Selbstdisziplin zu erzeugen, was mir damals allerdings keineswegs bewusst war. Geredet wurde eh nicht viel auf dem Dorf und das Wenige bestand aus Andeutungen für den Kreis der »Wissenden«, zudem man sich dazu zählen konnte oder eben nicht, je nach Selbstbewusstsein. Oder zu denjenigen, die so taten, als wüssten sie, um was es im Leben geht. Wäre man aufrichtig gewesen, hätte die Mehrheit zugeben müssen, dass sie von nichts wusste, und alle nur aus Unsicherheit zur Maskerade verleitet waren. Damals wurde mir beigebracht, dass Wissen zu heucheln, Zugehörigkeit sichert. Und das ist wohl eine der wenigen allgemeinen Wahrheiten, nur hatte ich das Gefühl, Zugehörigkeit war mir nicht so wichtig, wie die Wahrheit, womit die meisten am wenigsten rechneten. So sah ich, wie sich mir Spielraum eröffnete, der Unsicherheit zwar vermehrte, aber mir die Möglichkeit offenhielt, die anderen das ein oder andere Mal vor den Kopf zu stoßen. Wer nicht um jeden Preis dazugehören will, den kann man nicht erpressen! Des nachts allerdings zu spekulieren, ob man auf dem rechten Weg sei, bekam mir gar nicht gut. Jede Nacht wurde ich von Versagensängsten heimgesucht. Das Kind kämpfte mit seinem Gewissen und damit, dass es regelmäßig das Bett vollpinkelte. Welcher Sinn steckte überhaupt dahinter, dass ich existierte? Wäre nicht alle Unsicherheit aufgehoben, wenn es mich gar nicht gäbe? Weshalb nur hat man mich ohne meinen Willen hierher – auf diese Welt – gebracht, wenn ich nun hier in meinem Bett vor Angst jede Nacht beinahe sterben sollte, oder wollte?

Da musste wohl Gott dahinterstecken, dessen Geschichten ich sonntags pflichtgemäß anhören musste, in der Hoffnung auf Erlösung – wovon auch immer! Aber eines stand fest, wir waren alle Schuldige! Und gerade noch ehe mein Gedankenkarussell sich überschlagen sollte, raunte mir dann schließlich diese Stimme zu, die durch die Kissen direkt in meinen Kopf drang. Es schauderte mich und gleichzeitig klangen die Worte warm und von Ruhe getragen, sodass sie mich vollständig durchdrangen. Sie faszinierte mich und verhieß mir – da jemand zu mir sprach –, dass ich doch nicht allein war, es jemanden gab, der es gut mit mir meinen könnte. Er sei der Lichtbringer, dessen Helligkeit mir die Rätsel erhellen würden, die mich umtrieben. Der mir die Nächte erträglich und meinen Kopf erleichtern würde. Er, der Teufel, wüsste schließlich, um was es hier, in einem irdischen Leben, geht! Endlich! Das Angebot war kaum auszuschlagen. Das war die Stimme, die offenbar um meine Ängste und Nöte wusste! Die nicht immer um den heißen Brei herumredete! Würde der Teufel endlich die

Welt beim Namen nennen? Der Teufel machte mir gar keine Angst, im Gegenteil, der Teufel wurde mein Verbündeter.

»Ich zeige Dir den richtigen Weg, für ein gelungenes Leben, wenn Du mir versprichst ihn niemals wieder zu verlassen!«

Das hatte ich nicht vor! Alles in meiner Macht Stehende gedachte ich zu tun! Also willigte ich ein und versprach seinen Rat für immer im Herzen zu tragen. So sprach der Teufel: *»Glaub nicht an den Unsinn, den die Prediger Dir prophezeien! Tue stets nur, was Du unbedingt willst! Höre auf Dein Herz und folge Deinen Träumen! Darauf geb´ ich Dir mein Wort und Garantie. Verlässt Du allerdings vorschnell meinen Weg der »Selbstfindung«, weil er Dir zu mühsam ist, dann ist sie mein, Dein kleines Seelchen!«*

Den Satz schloss er mit einem teuflischen Kichern, aber das hat mich schon nicht mehr interessiert. Ich war der schlaflosen Nächte und Alpträume so überdrüssig, dass ich nichts lieber wollte, als endlich meinen Frieden finden. Ich wollte unbedingt, diesen Rat befolgen. Statt des Aberglaubens, sollte ich wissen, so der Teufel, gibt es nur den einen wahren Glauben: *»Glaube an dich selbst! Sei Du selbst! Dann wirst Du Deinen Platz finden.«* Das werde ich unbedingt versuchen – für mein Leben!

5.

Seine Eltern dachten wohl – wie so viele –, sie hätten den neuen Heiland geboren. Zumindest schienen die Sprösslinge der Nachkriegsgeneration mehr zu sein, als nur Nachwuchs. Die Wolken einer dunklen Vergangenheit schienen sich verzogen zu haben, der Himmel war ununterbrochen blau und wir lagen auf weißen Laken, gebettet im grünen Gras der Vorstadtsiedlungen. Unsere Mütter schoben uns stolz in futuristisch gestalteten Kinderwägen vor sich her, als sollten wir frühestmöglich eine Ahnung von unserer Weltraum-Mission bekommen. So führten sie uns auf Spielplätze und setzten uns in Karussells, die die Formen und Farben des technischen Fortschritts zitierten. Sei es, als weiße Sputnik-Kugeln oder schwarz-weiße Apollo-Zigarren. Hier und jetzt schien die Zukunft ihren Anfang zu haben und wir sollten offensichtlich die Protagonisten werden. Noch nie galt die Sorge so sehr der Zukunft, wie nach dem schrecklichen Ereignis des Zweiten Weltkrieges. Die Großeltern waren die Zeugen des Schreckens geworden und deren Kinder wollten nichts mehr, als das Grauen hinter sich lassen. So wandte man sich nach vorn und musste die Kleinsten vorsichtshalber vor allem und jedem warnen. Keine Sorge schien unangebracht, um sie uns nicht mit in das Säckchen zu packen, das wir auf unseren Weg mitbekamen. Vater war mit den Zwängen und Entbehrungen des Krieges aufgewachsen, aber war das Grund genug, alles mit Vorsicht abzustempeln, wie von einem unsichtbaren Gerichtsvollzieher, noch ehe wir es selbst mit eigenen Sinnen erfahren durften? So geriet unsere Welt manchmal ziemlich kleinteilig, bei aller Fortschrittsgläubigkeit. Unsere Welt erschien deshalb als eine verheimlichte und verborgene und sie motivierte uns, unser Leben ihrer Aufdeckung zu widmen. Wir waren diejenigen, die sie wiederentdecken wollten. Und am Horizont dämmerte bereits Befreiung herauf, die in Form von Rock & Roll aus den Transistorradios unserer Eltern schallte. Wo lag eigentlich dieses San Francisco, wo ich hinkommen sollte?

Um mich von der Grübelei der Nächte abzulenken, freute ich mich auf den nächsten Nachmittag! Es unterschieden sich die Nachmittage wesentlich von den Vormittagen, die ich in der Schule zubrachte. Der Sinn der Schule war es lediglich, dass man dort Freunde traf, mit denen man sich für die Nachmittage verabreden konnte; für neue Abenteuer und Spiele. Ein weiterer nicht unwesentlicher Nebeneffekt war es, dass man sich in der Nähe von Mädchen aufhalten konnte, ohne sich der Lust am anderen Geschlecht verdächtig zu machen. Mir war es nie in den Sinn gekommen, ein Mädchen zum nachmittäglichen Spiel einzuladen, aber mir war auch nicht klar, weshalb das so war. Es fühlte sich lediglich so an, als ginge es im Zusammentreffen mit den Mädchen irgendwie anders zu und eine Verabredung wäre unpassend. Buben spielten mit Buben, die Mädchen mit Mädchen, so war es auf dem Pausenhof. Lediglich unterbrochen von gegenseitigen Störungen und Hänseleien. So gesehen war die Schule eigentlich ganz amüsant, und der Rest ließ sich absolvieren.

Lehrer konnte ich nie ausstehen. Sie gehörten der Fraktion der Traumdoktoren an. Sie operierten mit Einschüchterung und Demütigung, so wie Eltern, Priester. Ihr sublimstes Mittel war es in Rätseln von der Zukunft zu sprechen und in Andeutungen auf einen Weg hinzuweisen, den man vermeintlich den Richtigen nannte und den man diskussionslos zu gehen hatte.

Das schien ihre Mission, aber gar nicht mein Ding zu sein. Das machte sie mir verdächtig. Sie taten es mit einer stillschweigenden Verbundenheit und mit solchem Nachdruck, dass man ersteinmal gar nicht auf die Idee gekommen war, dass es noch andere Wege geben könnte, um älter zu werden. Ich hatte das Gefühl, eher würde man sterben, wenn man den »richtigen« Weg verließe: *»Tue stets das, was man von dir verlangt und niemals etwas ohne Erlaubnis!«*

Nachmittags waren beide Eltern in der Arbeit und ich verbrachte meine glücklichsten Stunden. Ich liebte den großen Garten der Eltern und der Großeltern, mit denen wir zusammen in Nachbarschaft wohnten, in dem ich meine Spiele und eigenen Geschichten leben konnte. Das war doch eigentlich schon mein Leben! Weshalb sollte da noch etwas anderes kommen, auf das ich zusteuern musste? Ich sah keine Notwendigkeit. Um wie vieles reicher war meine Welt, als die eigentliche?! Da war ich der Held, Indianerhäuptling, Supermann, Kapitän und Detektiv. Nichts als meine Phantasie konnte mich bremsen. Ich liebte diese Nachmittage im Sommer und wünschte sie würden nie vergehen. Ich liebte den Geruch von gemähtem

Gras, von gebackenem Kuchen und von Kokossonnenmilch. Beinahe täglich verbrachte ich diese Stunden mit Freunden und vergaß dabei zumeist die Zeit. Irgendwie ahnte ich, dass das das Glück sein musste, von dem so oft die Rede war und dem alle nur nachjagten. Ich hatte es bereits.

Das alles ereignete sich in den orange-braun-verrückten Siebzigern: Alles sollte besser, gerechter und bunter werden! Sogar meine Oma dekorierte ihre Wohnung auf Orange um. Und das lag daran, dass 1968 die langhaarigen Hippies die Weltherrschaft übernommen hatten und der Mond zum Bewohnen nahe gerückt war. Vorausgegangen waren die *Goldenen Sechziger*, in denen ich geboren war. In mir – also dem Kind, das man den Babyboomern zurechnen sollte – setzten alle größte Hoffnung. Ich schien ein Kind einer neuen Ära, »*the only one*«, allerdings gerade so einzigartig, wie alle anderen eineinhalb Millionen Kinder, die allein in Deutschland in meinem Jahr geboren wurden: 1964. Schnell war uns klar: Wir werden es sein, die den Mond später einmal mit unseren Glaskuppelhäusern und Raketenlandeplätzen besiedeln werden. Unsere Kinder werden dereinst mit ihren Elektrorollern in Mondkratern ihre Runden drehen. Bis dahin sind sämtliche Krankheiten, wenn nicht ausgerottet, so doch zumindest jederzeit heilbar. Das Mobiltelefon werden wir ebenfalls erfinden, wie den Tricorder zur Analyse jedes Problems, das uns noch geblieben sein wird. *Anything goes* … hieß unsere Devise.

Doch ich entdeckte auch, dass es mehr Welten gab, als nur diese einzige Zumutung, die mir meine Zeit zugedacht hatte. Hier also, hatten sie mich ausgesetzt! Aber noch hatte ich ein wenig Zeit, wie mir schien. Und die nahm unversehens Fahrt auf.

6.

Eine verheißende Ahnung von der Vielzahl der Welten, die möglich waren, bekam ich, natürlich durch meinen Erstkontakt mit dem Buch. Mit Kara Ben Nemsi durchs wilde Kurdistan und mit Old Shatterhand durch den Wilden Westen. Zu den Schatzinseln und verlassensten Orten; ferne Welten wollten erkundet und befahren werden. Eine der größten Versuchungen allerdings hielt der holzfurnierte Kasten im Wohnzimmer bereit. Das »Fernsehen« bot die Möglichkeit einer nahezu realen zweiten Wirklichkeit von solcher Nähe und Direktheit, dass sie mich nicht wieder losließ. Auf plausible Art und Weise konnte man tatsächlich erkennen, dass eigentlich alles möglich war, was man sich auszudenken vermochte. Mein kleines Zimmer und mein Garten beherbergten nur meine in mir gefangenen Fantasien, doch mit dem Fernsehen waren doch die Optionen für jedermann sichtbar. Wir lebten offensichtlich in einer Welt der Möglichkeiten. Die Sehnsuchtsorte hießen auf einmal Texas oder Kalifornien und in Städten wie New York und L.A. schienen sich tatsächlich Dinge zu ereignen, von denen man hier keine Ahnung zu haben schien. Und da war auch wieder dieses San Francisco! Auf dessen Straßen die Autos Luftsprünge machten und die Cops - wie die Polizisten dort hießen - nicht lange fackelten. Allein die Namen klangen wie Musik. Da ritten Little Joe und seine *Cartwright*-Brüder über ihre nicht enden wollenden Ländereien der *Bonanza*-Ranch. Ich liebte allein den Vorspann der Serie, wenn die bildschirmfüllende Landkarte in der Mitte Feuer fing; und dazu eine unvergessliche Western-Melodie. Wie oft habe ich das nachgestellt. Es ging aber noch weiter: Der Weltraum; und sein Zugang stand im Wohnzimmer. Am frühen Samstagabend entführte mich Raumschiff Enterprise in Welten, die angeblich nie ein Mensch zuvor gesehen hatte! Es gab sie also, nicht nur in meinem Kopf die anderen Welten. Und welche, war für mich? Hatte ich eine Chance zu wählen, oder hatte man mich einfach hineingeworfen?

In der Schule prahlte man dann mit den Filmen und Fernsehserien, die man gesehen hatte und je später deren Sendetermine, desto mehr konnte man sich Respekt verschaffen. Je blutrünstiger das Gesehene, umso größer der Erwachsenenbonus! Edgar Wallace stand ganz oben im Ranking. Die Cowboys, Sheriffs, Detektive, Kommissare und Edel-Gangster ließen träumen, schaudern und machten hoffnungsfroh auf ein spannendes Anderswo, jenseits des täglichen Zeitverschwendens.

Wenn ich dann einmal mehr des nachts erwachte und zitternd vor Angst in die Dunkelheit stierte, stürzte ich mich in meiner Not auf den Stapel mit Comicheften, der stets rettend in Reichweite lag. Niemand anderer wollte ich sein, als ein solcher Held, wie in diesen bunten Bildern beschrieben. Über Kräfte verfügen, die

die Welt vermochten aus ihren Angeln zu heben, das war mein Traum in diesen Nächten. So ging ich auf Reisen mit *Captain Clio*, drang in Galaxien vor, deren Namen ich noch nie gehört hatte und kehrt gestählt und unverwundbar aus dem Universum zurück, um zu retten, was mir lieb und teuer war. *Captain Clio* war mein unerschütterlicher Weggefährte, und er sollte es noch lange bleiben! Er stand mir bei, auf meinen Missionen für das Gute in der Welt. So würden alle irgendwann zu spüren bekommen, was es hieße ungerecht zu sein! Ich wartete nur auf den Moment, da sich alles Bisherige in Wohlgefallen auflöste und wir beide die Kulissen durchbrechen würden. Ich endlich mein Cape auspacken konnte, um den Kampf aufzunehmen, gegen alles und jedermann, die es nicht mit der Gerechtigkeit hielten. Ich war drauf und dran wie Batman des nachts meinen Freunden beizustehen, meine Liebe und die Welt zu retten und das Banale und Böse aus ihr zu vertreiben. Dann würde auch Betula endlich erkennen, wozu ich im Stande war. Sie würde mich vorbehaltlos lieben und meine Heldentaten verehren. Betula ging seit kurzem mit mir in dieselbe Klasse. Sie hatte das weiche Gesicht eines Engels und endlos langes Haare, und wenn mich ihre großen Augen eines Blickes würdigten, tat sich für mich eine weitere ganz eigene Welt auf, die mich berührte, wie nichts zuvor. Sie schien mir die Gewissheit zu geben, dass es etwas gibt, für das es sich zu leben und zu sterben lohnte.

Die Chancen, dass diese Träumereien wahr werden würden, standen eigentlich nicht schlecht. Schließlich kamen wir aus dem Space-Age und die Zahl 2000 lockte mit den Verheißungen eines neuen Jahrtausends! Greifbar nahe stand uns die Zukunft. Wir konnten also noch Teil dieser Geschichten werden! Die Möglichkeit schien historisch und nur uns gegeben. Das Universum wächst mit jedem Tag und so wuchs auch meines. Es taten sich regelmäßig weitere Echokammern auf, zu denen ich Zugang suchte und in denen ich mich versuchte häuslich einzurichten. Die Musik weckte Emotionen in mir, wie es sonst nur Betula vermochte. Das Zeichnen und Beobachten lockte mich und dass ich mich für das Lesen begeisterte, hatte den ganz banalen Vorteil, es beeindruckte meine Mutter. So sehr, dass sie mir bald ungefragt den ersten Karl May-Band zuschob und im Folgenden immer wieder einen

nachlegte. Ich verschlang diese Abenteuerge-
schichten, und wenn ich fleißig las – was ich
mit Begeisterung und zunehmender Lust tat –,
kaufte sie mir ab und an auch einen dieser fas-
zinierenden Comic-Bände, die man am Bahn-
hofskiosk erstehen konnte.

7.

»Du brauchst einen Plan, was *Du einmal werden
willst!«*, hieß es mit einem Mal und der Auftrag
zielte keineswegs auf ein Heldendasein ab.
Niemand fragte schließlich, *wer* ich einmal werden will. Mir machte es Angst, dass offenbar
alle anderen einen solchen Plan haben sollten.
»Nimm Dir ein Beispiel an deinem Freund …« Da
mir anscheinend niemand bei dessen Entwick-
lung mit dem nötigen Verständnis bei Seite stehen wollte, beobachtete ich, was die anderen
taten. Da offensichtlich alle an dieser Welt ihren Spaß hatten, ging ich davon aus, dass mit
mir etwas nicht stimmen konnte. Auf irgendei-
ne Weise war ich scheinbar ein Andersdenken-
der geworden. So fühlt es sich jedenfalls an,
wenn man nicht weiß: *»Ist alles so toll, wie es
scheint?«* Um meiner Dissonanz mit dem Ge-

schehen um mich her Ausdruck zu geben, kleidete ich mich schwarz, trug mein Haar lang und verweigerte mich zunehmend den üblichen Ritualen. Scheint es nur mir als unaufrichtig, wie sie sich verhalten? Hinterfragt denn niemand, ob es gut oder falsch ist, alles so zu tun, wie »man« es macht? Ich distanzierte mich von dem »Man« und den Vielen. Verabredeten sich die anderen doch scheinbar nur zu sinnlosen Feiern, auf denen mit Smalltalk Freundschaft geheuchelt wurde. Kurioserweise scheinen am Ende aber jeder und jede dennoch ihre Erfüllung gefunden zu haben. War alles nur Oberfläche, oder war die Oberfläche schon alles? Waren das die gängigen Praktiken und waren Täuschen und Überlisten widererwarten doch eine Tugend? Es war, als gäbe es eine Geheimsprache, die mir niemand beigebracht hatte. Während die anderen Partys veranstalten, wunderte ich mich über Freud und Leid in dieser Welt und hing meinen Frauenträumen nach. Langsam baute sich eine innere Hülle auf, die mich schützen sollte und die mich verbarg hinter einer Maske aus Coolness und Souveränität. Ich simulierte Unabhängigkeit. War man mir damals begegnet und hatte man mich gefragt, was ich mit meinem Leben anfangen werde, so entgegnete ich: *»Kein´ Plan!«* Was nur konsequent war in einer Zeit, in der die gängige Parole lautete: *»No future!«* Ob es Trotz war oder nicht, ich habe es so gefühlt. Ich lief durch die Straßen und steckte nur kurz meine Nase in die Kneipen, Discos und Clubs in denen Freude und Ausgelassenheit zu herrschen schienen. Ist das Leben ein *»Als ob«*? Gibt es nirgendwo einen festen Grund? Lebten wir deshalb in diesen doppelten Welten, und war das der eigentliche Grund für den Drogenkonsum?

Es war nicht cool, es war ein letzter Ausweg. Insgeheim stellte sich jeder die gleichen Fragen! Die Kunst lag nur im angemessenen Verdrängen. Was ist mit den Werten und der Gerechtigkeit, was in jeder der Geschichten, die man sich erzählte, das höchste zu erreichende Gut waren. Niemanden schien sich im echten Leben darum zu scheren oder auch nur zu interessieren. Nirgendwo hielt es mich! Ich sah überall Krieg und Streit, Anmaßung und Leid, Hunger, Sex und Unterdrückung, während allerorten von Liebe, Verständnis und gegenseitiger Hilfe gepredigt wurde! Nein, ich war fremd in dieser Welt, in der sich alle darum bemühten, sich zu amüsieren. Das Leben musste ein riesiger Spaß sein und war nur mir so fremd? Meine Freunde wurden weniger, sie hielten mich für arrogant. Ich reagierte mit einem verächtlichen *»Fuck Off«* und die Spirale in die Einsamkeit nahm ihren Lauf. Aber was machte das Leben lebenswert, wenn ich nicht so sein konnte, wie ich war?! Jedes Mal, wenn ich so dachte, erschien allerdings sofort ein großes Aber: Vielleicht wusste ich einfach nicht, wie ich wirklich war und was ich zu tun hatte! Wer sagte mir, ob ich nicht über jenen Schatten springen musste, der sich mir in den Weg stellt, jeden Tag wieder, dann würde sich auch mir das Glück wieder erschließen. Nur einer blieb für immer: Der Zweifel.

Ich erinnerte mich: Niemals mich verleugnen! – Das stand auf dem Spiel! Das durfte nicht geschehen, ich wollte und musste immer ich selbst sein. Die Aufrichtigkeit mir gegenüber und dem, was *ich* wollte, das war das Letzte, was ich aufgeben durfte! Ich schlug meinen Mantelkragen hoch und begleitete mich selbst in den Schaufenstern der Stadt und durch die Pfützen auf dem Asphalt.

8.

Irgendwie fiel es mir nicht schwer, mich bei diesem Casting anzumelden, es kümmerte niemanden, und es musste ja niemand davon erfahren, wenn es schief ginge. Eine Karriere braucht jeder, koste sie, was es wolle! Es war ja nur ein Anfang und meine Schauspielerambitionen würde ich in den nächsten Schritten weiter ausbauen. Schließlich hatte ich Glück und mein Gesicht hat offenbar gefallen, zumindest fand man es passend für einen Werbespot. Ich sollte lediglich wie James Dean im Auto sitzen und permanent eine Zigarette rauchen. Nun machte ich eben meine Maske zu meinem Beruf. Und siehe, erstmals hatte ich so etwas wie Erfolg! Ich verdiente auf einen Schlag Geld, unerwartet viel Geld. Nebenbei übernahm ich noch ein paar Model-Jobs, und mein Budget war bis auf weiteres gedeckt. Es kam mir unverschämt viel vor! Da dämmerte mir, die Kunst könnte mir eine Perspektive eröffnen. Möglicherweise bot sie mir endlich einen Weg in eine andere Welt. Die Produktion alternativer Welten stellte sich für mich mit einem Mal als reale Möglichkeit dar, dorthin vorzudringen, wo man sich nicht abspeisen ließ mit einem Spießerdasein. In der Traumfabrik haben die Traumdoktoren sicherlich nichts verloren! Vielleicht reichte es ja auch bis zum Sternenhimmel!

Es fühlte sich tatsächlich an, als wäre das die ideale Beschäftigung für mich. Hier bekam ich es endlich mit Leuten zu tun, die ähnlich wie ich auf der Suche waren. Jeder für sich ein Außenseiter auf seine Weise. Hier schienen alle ein wirkliches Leben zu führen, im Job ihres Lebens. Glücklicherweise bekam ich weitere Anschlussaufträge. In mir wuchs das Gefühl, anerkannt zu werden ohne mich verstellen zu müssen. War ich jetzt bei mir angekommen? Paradoxerweise mit einer Tätigkeit, bei der ich jeden Tag ein anderer war.

Ohne es abzuwarten, war ich verführt Partys zu schmeißen, von denen andere immer träumten. Es war wie eine Wette auf die Zukunft. Wenn Du ein Star sein willst, dann musst du dich geben wie einer. Also die größten Partys und die besten Frauen waren nur gut genug für mich. Meine Freundinnen wechselten täglich und stets waren es die attraktivsten Mädchen der Szene. Die Leute mochten mich. Dachte ich. Ich wechselte so schnell meine Identitäten, dass ich bald nicht mehr wusste, wann ich Ich war. Abermals meldeten sich meine Zweifel: Spielte ich nicht nur in meinem Job, sondern auch mein komplettes Leben? Ist das nun schon mein wahres Ich? Die Angst holte mich ein. Habe ich bereits meine Seele verspielt, ehe ich begonnen habe zu leben? Doch noch ehe ich tiefer darüber sinnieren konnte rief eine Filmagentin an. Das musste mein Moment des Lebens sein, dachte ich. Ich konnte mein Glück kaum fassen, endlich wollte ich mich ernsthaft der Kunst der Schauspielerei widmen.

Als erstes versuchte man mir beizubringen zwischen dem Schauspielern und der Kunst der Schauspielerei zu unterscheiden. Hier, im ernsten Fach, legte man mir unmissverständlich dar, dass ich meine, zugegebener Maßen natürliche Neigung zur Schauspielerei, die mich zugegebener Maßen einen ersten Schritt in das Metier hat machen lassen, nun endlich werde ablegen müssen, wollte ich ein guter Schauspieler werden. Dabei dürfe ich nie verwechseln, dass die Schauspielerei viel mit Verstellung und mit Lüge zu tun habe, sagte man mir, die Kunst des Schauspielens hingegen ist ausschließlich ernsthaft und offen zu meistern. Es ist das vollkommene Gegenteil von Heuchelei. Jede Art von Verstellung würde im Schauspiel sofort enttarnt und verspottet. Die Kunst des Schauspiels verlangt zu sein! Im Augenblick des Auftritts zu sein, was man übernommen hat darzustellen. So lautete die Maxime! Das Ganze ereigne sich in dem Wissen, dass alle Zuseher wissen, dass man nicht ist, was man vorgibt zu sein. Man dürfe daher niemals das Publikum versuchen zu hintergehen, es für dumm verkaufen, indem man ihm das Gespielte ernsthaft vormachen wollte. Da hätte man schon verloren. Man bedurfte einer bedingungslosen Offenheit und der Bereitschaft zur Blöße. Authentizität war gefragt, ein einziges Mal musste man das sein, als wäre es das letzte Mal! Das galt für die Bühnenbretter und sonst gar nichts! So meine erste und wichtigste Lektion, wofür ich lange brauchte, sie zu verstehen: Es war wieder da: *»Sei Du selbst!«*

Mir wurde klar, es ist in diesem Beruf nicht anders als im Leben. Je klarer mir das wurde, umso mehr bedeutete es den Anfang vom Ende. Bald konnte ich meinen Kopf nicht mehr ausschalten und meine Schauspielkunst wurde zum erbärmlichen Machwerk. Für die Rolle meines

Lebens reichte es dann nicht mehr aus. Man sagte mir ab.

Die Kunst aufzusuchen, weil ich mir meiner nicht habhaft werden konnte, war ein teuflischer, falscher Weg. Und anstatt mich dieser Erkenntnis zu stellen, stürmte ich erneut los, weil ich es nicht wahrhaben wollte. Meine Partys wurden immer lauter und bunter. Meine Gäste waren bald keine Freunde mehr und meine Freunde bekam ich irgendwann nicht mehr zu Gesicht. Ich begann zu trinken. Die Frauen, die mit mir ins Bett sprangen, glaubten immer noch in mir den zukünftigen Filmstar zu sehen und den spielte ich ihnen verzweifelt gerne vor. Ich rauchte die dicken Havannas, fuhr schicke Karossen, doch Spaß kam dabei nicht mehr wirklich auf.

Ich musste an Früher denken, als ich Rockstar werden wollte. Ich schaffte es bis zum Sänger und Frontmann einer Rock & Roll Kapelle und tat es schon damals nicht um der Musik willen. So wie ich jetzt nicht der Rollen wegen Schauspieler werden wollte. Damals war ich hungrig und jetzt war ich bereits süchtig nach Anerkennung. Ganz nebenbei war ich auf meinen Wegen der Suche zum Angeber mutiert. Nun verhielt ich mich wohl wie ein Arschloch und war verständlicher Weise bald auch nur noch von solchen umgeben. Ich begann mich zu hassen.

Fortan trieb mich mein Bedürfnis mir meine so festsitzende Maske endlich vom Kopf zu reißen. Die Angst davor war unbeschreiblich und schien kaum besiegbar. Ich wollte alles unternehmen, sie zu überwinden. Sollte das ohne Hilfe gelingen? Was passiert wohl in dem Moment, da man sich wirklich erblickt? Sein wahres Antlitz im Spiegel sieht? Oder ist es doch chancenlos wie Heine sagt: *»Bis auf den letzten Augenblick spielen wir Komödie mit uns selbst«*?

9.

Ich musste wieder rauchen. Andernfalls würden kein Sonnenuntergang und kein Barmädchen je wieder Sinn ergeben. Der Rauch in meinen Lungen gab mir mein Gefühl zurück. Er ließ mich empfinden, er war Emotionsprothese, nicht eigentlich gut, ließ alles aber wieder gut sein. Mir war klar, dass ich einknickte. Aber ich konnte mich an Betula sehr gut erinnern, nichts

Nebensächliches, wie alle anderen bisher. Sensation eigentlich und dennoch schon beinahe nicht mehr wahr. Ihre Haut roch von Anfang an vertraut, ihren Geschmack konnte ich am besten erinnern, und dass ich ihr mein Leben versprach, das wusste ich auch noch. Ohne zu wissen, ob ich das nicht schon zu oft getan hatte. Meine Zukunft gäbe es nur, wenn sie mit mir bereit wäre sie zu wagen, habe ich ihr gesagt.

Nun war es Zeit wieder nüchtern zu werden. Die Bar aufzusuchen war eigentlich eine dumme Idee, aber schien mir die einzige Möglichkeit eine erneute Begegnung zu provozieren. Es war mehr als klar, dass ich gleichzeitig meinen Vorsatz, nicht mehr zu trinken gefährdete. Hier hatte ich sie damals zum ersten Mal getroffen und so verbrachte ich jetzt meine Tage in jener Bar öfter, als zu Hause oder an irgendeinem langweiligen Filmset. Hartnäckig am Tresen sitzend, sinnierte ich in stiller Erwartung über verpasste Chancen und die Wahrscheinlichkeit Betula je wieder zu sehen; derweil der Barkeeper mein bester und vielleicht sogar in diesen Tagen mein einziger Freund wurde. Er sah mich an der Tür und schaufelte grußlos Eiswürfel ins Glas, goss großzügig Gin und

Tonicwasser darüber. Auf dass an diesem Abend ein Wunder geschähe!

Bislang waren die Mädchen an meiner Seite eher wie Trophäen für mein Ego. Jede meiner Errungenschaften musste eine besondere Frau sein und war es auch jedes Mal. Ohne mich je zu fragen, was ich eigentlich wirklich brauchte, drängte es mich jeweils die begehrtesten Bräute abzuschleppen. Es fühlte sich keineswegs richtig an und war lediglich Pose. Was immer ich vermisste und ich in einer Beziehung suchte, hatte ich dabei bislang nicht gefunden. *»I still haven´t found what I´m looking for!«* Mein Song für meine langen einsamen Abende am Tresen.

Nur Betula, mit der mir nie eine engere Beziehung gelungen war, ging mir nicht aus dem Kopf. Ihr war schon an jenem einen Abend mehr gelungen, als allen Frauen zuvor. Sie war ein Glückskind für mich. In mir festigte sich dabei die Überzeugung, es sei Zeit, die Frau zu finden, die mich durch mein Leben begleiten sollte. Die Vorstellung von einer Familie überlagerte mit jedem Gin Tonic mehr meine halbherzigen Unternehmungen ein Star zu werden. Etwas Besonderes zu sein im Normalen? Die

Rechnung ging nicht auf. Ich scheiterte an meinen Ansprüchen. An meinen? Oder hat man sie mir in den Kopf gepflanzt. Uns allen? Ich war nicht so einzigartig, wie vielleicht erwünscht. (Und woher kam der Wunsch?) So wenig, wie all die anderen. Zwar ganz gewiss nicht die Norm, aber auf jeden Fall zu wenig verrückt! Der Spuk des Besonderen, der jeder einzelne sein sollte, den man aus sich zu machen hat, hatte mich zu lange in den Bann geschlagen. Die Angst als Spießer zu enden und das andauernde ungute Gefühl stets eine Chance des Lebens verpasst zu haben, haben mich von mir fortgetrieben. Was war das für eine schizophrene Angelegenheit? Was bedeutete, mir selbst unbedingt treu bleiben zu wollen? Worin bestand meine Authentizität, wenn ich sie mir nicht selbst verpasste? *»So schwanke ich zwischen Norm und Einzigartigkeit! Und bin doch einer unter Vielen.«* Mein Freund der Barkeeper unterbrach das Polieren eines Shakers und sah mich ratlos an. Meine beharrliche Suche, geriet mir zur Verzweiflung und ließ mich entgleisen, anstatt mich in eine Spur zu setzen. Wie dumm von mir, das zu erwarten und stets doch nur nach dem Oberflächlichen zu greifen?

Heiße Tropfen fielen ins Glas und im Glas sah ich Betula. Sie wünschte ich mir an meine Seite, einen Menschen, der mich bedingungslos und nur meiner selbst wegen annehmen würde, bei dem ich ohne Anstrengung »ich selbst« sein könnte, die durch meine Maske dringen und sie mir irgendwann herunterreißen würde. Sie drehte sich, sie tanzte ganz für sich, abwesend, bezaubernd schwang sie im Takt, als umarme sie sich selbst. Bis sie mich bei der Hand nahm und wir gemeinsam kreisten, wie Atome, Planeten, Galaxien. Für eine schöne Zeit schien Liebe auf einmal ein gangbarer Weg, mich vergessen zu machen. Ich konnte sie fühlen, mit jeder Drehung mir größere Leichtigkeit einflößend. Sie hatte sich wortlos zu mir an den Tresen gesetzt, noch während sich im Glas unaufhaltsam das Paar in weite Sphären schraubte, sodass ich ganz vergaß zu reagieren. Ich hatte sie wahrgenommen, aber es gab einfach keine Worte, die den Moment nicht zerstört hätten. Klarheiten werden telepathisch wohl besser kommuniziert, und so saßen wir, beide gemeinsam dem Paar im Glas zusehend, bis es zerbrach. Sie hatte mich aufgesucht, um alles zwischen uns auszuräumen, was je von einer Zukunft gehandelt hatte.

10.

Was also sollte ich noch hier? Gefüttert mit Idealen und Lügen sah ich mich nackt an den Felsen gekettet und der herzzerreißenden Sehnsucht ausgeliefert. Bislang unbefriedigt von meinem Dasein, das sich anschickte eine endlose Suche zu werden; mehr noch eine Hetzjagd, offenbar auf mich selbst, mit der bislang wenig tröstlichen Erkenntnis, nie zu wissen, wohin man gehört und was glücklich sein bedeutet. Ein Leben eine Sehnsuchtsreise? Was hatte es nur auf sich mit dem vielbesungene *»California«*? Und wann sollte ich endlich dorthin gelangen? Aber das Leben steht genauso wenig allein, wie das Glück oder die Wahrheit es tun. Genau deswegen kann man ihnen auch nicht entfliehen, sie kleben einem an der Existenz, wie Rohöl an unschuldigen Seevögeln. Ich hatte mich immer dabei, wohin ich auch ging. Mit jedem weiteren Sprung, den ich wagte, landete ich wieder bei mir und bei den alten Fragen. Noch war ich jung und sehnte mich nach einem freien, friedlichen und unbeschwerten Leben unter gleichgesinnten Menschen auf diesem wundersamen Planeten in Mitten unendlicher Galaxien. Wieso sollte es nicht gelingen? Die Vorzeichen standen doch bestens. Besser als je zuvor in der Weltgeschichte! Wohl behütet aufgewachsen in westlich geprägter Wohlstandsgesellschaft, der Boom der Sechziger hallte lange nach. Mit Bildung und Kultur reichlich versorgt, verfügte ich obendrein über einen Generationenvertrag, der mich bis ans Ende des Lebens absichern sollte!? So what?! Wieso also verfolgte mich der Gedanke, dass ich dennoch das Glück suchen musste? Wieso konnte man nicht einfach zufrieden sein? Weil einem nichts geschenkt wird auf dieser Welt, wie es hieß? Musste ich also erst noch meine (Erb-)Schulden abarbeiten? War das alles nichts wert, weil es nicht meins war? Mich beschlich das Gefühl, irgendjemand wollte etwas von mir und er würde mich nicht einfach in Ruhe lassen! Der Stachel in meinem Fleisch war platziert, nur wusste ich nichts davon. Ich durfte einfach nicht aufgeben. So stand der Aufbruch erst noch bevor, *»California, meine Sehnsucht, wer bist Du?«*

Dabei hätte ich mir nur gewünscht mein Leben in eine Spur zu bekommen. An Routine und Verlässlichkeit mangelte es mir am meisten und doch musste ich auf Reisen gehen. Gerne hätte ich einen Plan gehabt, (vielleicht auch gemeinsam mit Betula), an den ich mich hätte halten können. Doch das war die Rache der Konservativen, sie haben mich abgestoßen und für die Freaks war ich zu normal. Eigentlich war es die Freiheit dem allem nicht folgen zu müssen, die an mir zerrte. In Form von Waren und Bildern, Lebensstilen und Luxus vorgeführt, traktierte sie mich und stachelte mich an; nicht gleich zufrieden zu sein! Was ist denn mit Deinen Träumen? (Hörte ich da ein listiges Kichern im Hintergrund?) Des nachts mit dem Nightliner von Konzert zu Konzert zu tuckern und allabendlich als Rockstar die Konzerthallen füllen? Wie wäre es? Rund um den Globus jetten, den Rock´n´Roll feiern! Da darf man als Reklamedarsteller doch nicht schon zufrieden sein! Der Pausenclown kann doch nicht die Rolle Deines Lebens sein! Wo bleibt Dein Ehrgeiz? Nun muss es ja nicht die ganz große Nummer werden, aber ein bisschen mehr dürfte es schon sein, oder? (Wer sprach da?) Mir schien, der Zeitpunkt in meinem Leben gekommen, nach den Sternen zu greifen. Darunter durfte man es nicht machen! Sei es drum!

»California, Du schmeißt mich aus der Bahn!«

Teil 3

11.

»Mit dem Löwenzahn gehen.
Hinaus ins Leben, die Jahre verstehen,
wohin es mich treibt,
mal sehen,
was vom Träumen so übrig bleibt,
mit dem Löwenzahn gehen.« (Tagebuch, M.)

Ist man das Produkt seiner Gene, oder ist man das Ergebnis seiner Umstände? Alles ein Kreislauf, ein Geworfensein in die Geschichte? Was sind die Parameter, die Stellschrauben, die man verpasst hat, wo liegen die Kreuzungen, die Entscheidungen, die man übersehen hat? So sehen wir aus diesen Fragen unseren Blick zurückschweifen, auf die immer gleichen Geschichten und jedes Mal beschönigen wir sie ein bisschen mehr. Haben wir die Ereignisse zu verantworten oder haben sie uns zu verantworten?

»We choose to go to the Moon, in this decade and do the other things, not because they are easy, but because they are hard,« (J. F. Kennedy)

Wenn man nur hart genug arbeitet, dann wird einen das Leben belohnen! Man wird schließlich erreichen, wovon man träumt! *»Ohne Fleiß keinen Preis!«*, lautet das Leistungsprinzip, das den real existierenden Kapitalismus möglich macht und den man schlussendlich selbst bezahlen muss. Wie verhält es sich mit Ursache und Wirkung wirklich? Wurde erst das Denken uns gelehrt, das nun seine Schuldigkeit getan? Eine Moral im Geiste der Zeit? Seither war von der Umwertung der Werte eine ganze Zeit lang die Rede, bis sie niemanden mehr interessierten, die Werte. Eigentlich blieb nach dem Verlust der Wertigkeit von Werten nichts über. Gilt stattdessen in Zukunft: Algorithmus statt Moral?

»Die Unterscheidung des Guten vom Schlechten ist das Feld der Ethik – und die Lieblingsbeschäftigung von Priestern, Pädagogen und Eltern.«

Also keine Werte, kein Gut und kein Böse! Also besser der Algorithmus entscheidet, der *binary code,* schwebt über uns. Nicht einmal ein Körnchen Wahrheit ist geblieben, als hätte man sie der Metaphysik hinterher aus dem Haus getrieben. Wem hat sie denn genutzt? Die Frage lautete doch stets, wer war in ihrem Besitz?

Wem oblag die Deutungshoheit? Wenn niemand mehr die Frage stellt nach Gut und Böse, bedarf es auch keiner Antwort mehr. Eine Revolution bahnt sich an? Nichts weniger als die Ethik löst sich auf, da sie ihr angestammtes Betätigungsfeld einbüßt? Die Vielen schreien auf! Natürlich waren darüber die Vielen entsetzt, wortwörtlich aus ihrer Zeit der Werte herausgesetzt. Wo bleibt da die Einzigartigkeit des Einzelnen? Beruhend auf Authentizität und Ehrlichkeit, auf Identität und Wahrheit ist jeder im Spannungsfeld zwischen Besonderheit und Masseteilchen gefangen. Jeder ist besonders, alle diese Vielen! Stets den Blick des besonderen Einzelnen auf die Allgemeinheit gerichtet, konnte es nicht ausbleiben, daran irre zu werden.

»Ich spüre Zerrissenheit und ewiges Streben meines Selbst. Ich bin gesegnet mit der Gabe, die von meiner hohen Position herrührt, die mir zuteilgeworden, ohne mein Verlangen. Sie verhindert, mich auf eine Seite zu schlagen, mich auf einem Land heimisch zu fühlen. Von hoch droben auf dem First kann ich die alten Fluren überblicken und Lichter der Stadt schon sehen. Ich kann die derben Sprüche noch vernehmen und die süffigen Lügen nicht mehr abwiegeln. So vieles ist mir gege-

*ben, danach ich nicht verlangte. Umso schwerer trage ich
an meiner Bürde. Die hindert mich bereits am Gehen
und verhindert auch, dass ich ruhe. Was kann ich also
tun, als davon zu erzählen? Ja, wem gegeben ist zu sehen, der möge sprechen: So let me tell you …«*
(Tagebuch M.)

So sprangen die einen hierhin, die andere dorthin. Vom Wertekanon zum Populismus bahnte
sich ein kurzer Schleichweg. Man braucht ja nur
etwas Böses zu präsentieren, dann erreicht man
all jene, die seit Zeiten schwanken und denen
sich vermeintlich der Abgrund auftut. Nicht
hierhin, nicht dorthin und die letzten Wertigkei-
ten dahin. Da spielt es keine Rolle, wo die
Wahrheit liegt, es muss nur endlich einen Un-
terschied machen, zwischen Gutem und Bö-
sem! M. ist schließlich ein Kind des 20. Jahrhunderts und in dem galt von Anfang an:
  *» … den Automatismus der Geschichte und der Welt-
wirtschaft darzustellen, jene Mechanik, die das persönli-
che Leben erfaßt und es in eine statistische Information
verwandelt, das Individuum in den kollektiven Prozes-
sen zermalmt und reduziert und die Universalität zum
Gesetz der großen Zahl deklassiert. (…) Das Leben –
… – wird von den allgemeinen Mechanismen bestimmt
und zergliedert, ebenso wie das Zusammenwirken von*

Strömung und Wind den Kamm der Meereswelle bildet
und wieder auflöst; doch auch dieses – wie jedes, auch
das flüchtigste Leben – verlangt danach, ewig zu sein;
der Tropfen weigert sich unter heftigen Leiden, sich in
dem Meer der gesellschaftlichen Totalität aufzulösen, zu
dem er gehört.«

Seither ist das Surfen auch immer mehr in Mode und ist scheinbar zum letztgangbaren Weg des Individuums geworden und statt zu ertrinken, die Welle zu reiten, die die Zeitgeistin vor sich herschiebt, die einzig verbliebene Option. Die Mutter, die manchmal wütet und aufbraust und andermal streichelt, in der Moderne reichlich unterschätzt, bedroht von der Ratio, verdrängt von der Hybris sich selbstvergötternder Egomanen. Dabei erscheint sie nur noch als die Vulva, der man entkommen zu sein glaubt. Englitten zur Freiheit eines einzelnen Individuums!?

»Ich bin der Geist jeder Zeit, die Zeitgeistin,
die sich nichts schert um Zeit-Genossen,
die gebiert und verschlingt, was möglich scheint,
und den verzaubert, der sie zu ergreifen vermag.«
(*Zeitgeistin*, Tagebuch M.)

Doch mittlerweile sagt man uns, die wir langsam vergessen werden, w*ir* seien Zeugen immerhin! Erwachsen einer analogen Welt, um in eine digitale zu stolpern, wir die *Edge Generation*, einen Abgrund der Zeit durch unser Tun überspannend, Zeitzeugen. Dabei begreift man zum ersten Mal, die rätselhaften Worte, die da geschrieben stehen: *»So werden die Letzten die Ersten sein und die Ersten die Letzten.«*

Die Letzten, die die Party verlassen sind die ersten, die den neuen Morgen erleben. Die letzten Überlebenden im Alten sind die ersten Ankömmlinge auf dem neuen Kontinent. Abermals stellt die Zeitgeistin die Fragen neu. Doch wir erkennen sie als einzige wieder. Die alten Antworten gilt es neu zu erfinden! Wenn die einen nicht mehr allzu ernst nehmen müssen, was die Alten noch behaupten und diese nicht mehr davon leben müssen, wovon die Neuen ihnen vorsetzen, dann sind wir unmittelbar dabei, da sich zwei unvereinbare Weltauffassungen von Generation zu Generation langsam miteinander verschleifen, wie zwei Kontinentalplatten, die sich beschleunigt ineinanderschieben, und weil sie sich keine Zeit lassen zum Vergehen, entstehen Risse und Verwerfungen, die wir mit Inkommensurabilität und

Scheitern bezahlen. Dann geht Generation über Generation hinweg, und wir sind nurmehr Zeugen. Die Bilder in unseren Augen, die Sätze in unseren Ohren, die Schüsse und Schreie, die Tränen und der Jubel in unseren Herzen. Unsere Köpfe sind voll und wir kriegen sie nicht frei, ohne zu bezeugen. Als die letzten der analogen Welt und die ersten einer digitalen.

»Wenn die digitale Zukunft unsere Heimat sein soll, dann liegt es an uns, sie dazu zu machen.«

Bleibt da nichts, was man eine »echte« Welt bezeichnen könnte? Das Ende der Rationalität, das Ende der Exaktheit, von Wissenschaft im alten Sinne? Dafür sind wir Zeugen der ersten Art, die im Laufe ihres Lebens mehrfach aufgefordert werden Antwort zu geben, auf die selben Fragen, die sozusagen mehrfache Zukunft genießen. Die mindestens zweimal Hoffnung schöpfen müssen, wollen sie nicht kapitulieren oder krepieren; die Wildrosen, beigesetzt auf dem Friedhof des unbekannten Querulanten. Müssen wir Freiheit und Aufrichtigkeit, Authentizität und Ehrlichkeit, Wahrhaftigkeit und Wahrheit, ja Menschlichkeit neu denken und gar neu erfinden? Entwerten und verraten wir damit nicht die alten Kämpfer und Opfer für eine gerechtere Welt? War alles vergeblich, oder ist es endlich aller Ehren wert? Solange wir – die Edge-Generation – bezeugen?

Wir sind die Vielen, aber wir spüren es nicht! Niemand spricht von uns. Verausgabt, ausprobiert und erschöpft stehen wir erneut vor dem Labyrinth. Es steht immer offen für Gestaltung und Veränderung – eine Zukunft »Digital«. Wir erklimmen den digitalen Baum der Erkenntnis!

Teil 4

12.

»Nur eines ist eben gewiss, man darf nicht enttäuschen!«
Lebensweisheiten halten sich lange. Meine Synapsen spielen verrückt. Ich gieße mir in jedem Hotel dieser Welt als erstes ein halbes Dutzend der Fläschchen aus der Minibar in einen Zahnputzbecher und bemühe mich, auf diese Weise meine Nerven in den Griff zu bekommen. Die Fragen wurden in der Vergangenheit mehr und mehr, anstatt, wie erhofft, sich irgendwann aufzulösen. Wofür lohnt es sich denn nun zu leben? Egal ob auf Island, Hawaii, Sizilien, in Australien, Japan oder Venezuela, nirgendwo vergönne ich mir Urlaub von mir selbst! Das Feuerwerk zwischen meinen Synapsen beruhigt sich einfach niemals, zu keinem Zeitpunkt! Wie nur kann ich mir treu bleiben, ohne dass ich daran verbrenne?

So legt sich ein Puzzleteil neben das andere, aber, ob sie jemals zueinander passen würden, frage ich mich schon lange. Was ich nicht beseitigen kann, sind die Fugen, die sich als Risse zu erkennen geben. Manche sind deutlich zu groß, als dass man sie hätte kitten können, auch wenn ich gewollt hätte. Aber ist das eigentlich gewollt? Was ist zwischen den Teilen? Es gibt lange Phasen in meinem Leben, die sind nichts als Zwischenraum. Daraus kann niemals ein ganzes entstehen. Man kann nicht jeden Tag nutzen, das ist Quatsch, die Sache mit dem »Carpe diem«. Dennoch ist eindeutig zu viel Zwischenraum, sagt mir mein Gefühl. Zunehmend erscheint mir all das Erreichte als lächerlich und nichtig.

Ich habe es schließlich doch noch – entgegen allen Verheißungen – »zu etwas gebracht«, wie man so gemeinhin sagt. Schlimm daran ist, ich weiß nicht mehr, was ist mir das wert? Ich sitze hier in Moskau, Madrid oder Brüssel oder irgendeinem anderen beliebigem Ort auf diesem Planeten, in einem dieser Hotelzimmer mit ihrem ständig wechselnden, aber global immer gleichen Zeitgeist-Design und kann es mir leisten zu trinken, zu sinnieren, zu weinen, zu …, ohne dass mir wirklich etwas weh täte. Mir fehlt es an nichts. Mein Bankkonto ist gefüllt, mein Adressverzeichnis erlaubt mir spontan jeden Kontakt, den ich wünsche. Mit Familie, mit Freunden, mit Prostituierten, mit Geschäftsleuten. Doch was bin ich mehr, als ein mickriger Knotenpunkt im globalen Synapsen-Feuerwerk? Kann ich mich nur noch vergleichen? Ich bin nichts Konkretes und mir bleibt nichts von eigenem Wert? Meine Position ist nicht zu ermitteln. Dabei verachte ich den unerklärlichen Stolz der Vielen, der aus jeder ihrer Falten lacht, darauf es *»zu etwas gebracht«* zu haben. Ist das alles, wofür wir taten, was wir ein Leben lang taten? Wie sind wir hierher gelangt? Nur um irgendwann, das von uns den anderen gegenüber behaupten zu können. Und keiner weiß, was dieses *»Etwas«* überhaupt sein soll. Was sind wir nur für ein heuchlerischer, schizophrener Haufen! Die allgegenwärtige Kommunikation hat uns einander nicht nähergebracht, in Verständnis und Liebe, nein, sie hat uns aneinander gekettet und lässt uns separiert im je eigenen Netz zappeln. Die Gemeinschaft ist dahin, die Gesellschaft hat übernommen. Und wir haben alles dafür getan: die Innovationen, die Träume, unser Lernen und Forschen. Als hätten wir geschielt, peilten wir Ideale an und wirtschafteten lediglich Funktionssystemen in die Tasche. Warum war unser Blick getrübt? Wer verabreichte uns einst das Gift, das uns halluzinieren ließ?

Der Tag muss immer etwas versprechen, sonst würde ich heute nicht aufstehen. Wie kann ich mich so schamlos selbst belügen? Ich perfektioniere es, von mir belogen zu werden. Mach Dir nichts vor, hat schon jeder einmal zu mir gesagt. Keiner kennt mich, aber alle wissen sie, dass ich mir etwas vormache. Wie soll ich jetzt das nächste Teil an das andere fügen, wenn es einen Zwischenraum gibt, von dem ich nicht einmal ahne, wie groß er ist. Mit den Teilen kann man ja leben, aber mit den Zwischenräumen schwerlich.

Am besten man übersieht sie. Unterdessen webt sich unbemerkt mein Kokon. Dabei dachte ich lange Zeit, die Fäden in der Hand zu halten, obgleich sie mich permanent mehr und mehr fesselten. Meine vielen Verbindungen sind mein Segen und mein Fluch! Nur scheinbar spinnt ein Mr. Unbekannt das Netz. Ich tue es selbst mit größter Akribie. Mit jeder Regung meinerseits trage ich dazu bei, mich in meinem Leben zu verheddern. Der Teufel – ich höre ihn schon lachen – reicht stetig neuen Faden. *»Daten sind unsere Währung, Beziehungen machen nur mehr unseren Wert aus«*, heißt es mittlerweile ganz ohne Scham. Alles ohne jeden intrinsischen Wert. Hinfort ihr naiven Wertvorstellungen! Irgendwann zucke ich nur noch in meinem Netz aus Kontakten und Verpflichtungen: Die Agentur, die Frau, die Kinder, die Freunde, die Feinde! Ich bin die Spinne, die sich selbst einwebt.

13.

Verstrickt in immer mehr Ansprüche, Arroganz, Allmachtdenken und Unsicherheit und: Die Tiefe fehlt, die Fähigkeit zu einer wahren menschlichen Beziehung ist verloren gegangen, ja beinahe jedes Gefühl. Sich selbst wieder spüren wird zur Aufgabe einer ganzen Generation. Alles ist Oberfläche und Verhandlungsmasse. Als könnte ich nie mehr lieben. Nichts ist mir fremder, als verliebt zu sein. *»Du hältst das Schiksal dieser Zeiten schwerlich aus. Du wirst noch mancherlei versuchen, wirst — O Gott! und Deine letzte Zuflucht wird ein Grab seyn.«* Nur meine Melancholie ist mir geblieben. Lese ich Hölderlin, so ist es meine Art mit der Destruktivität der Welt umzugehen. Ich beneide meinen Freund den Mond, wenn ich nachts auf meiner Dachterrasse liege und beobachte wie er seine Runde zieht. Der Mond erscheint mir wie ein Verbündeter. Die Nacht meine letzte Zuflucht. Die Nacht wird mehr und mehr mein Zuhause und die Ablenkungen stehen bereit, mir nur zu nahe, meine vermeintlichen Freunde. Die Droge stehe mir bei und ich verweigere die Erkenntnis, dass sie mich fest im Griff hat und mein Leben ohne sie kaum noch möglich scheint. Das Bestreben das Gefühl aufrecht zu erhalten, dass ich doch noch in der richtigen Liga spiele, lässt mich auch nicht zögern, zu den kleinen Ablenkern und Aufhellern zu greifen. In meinen Dreißigern, als ich heirate – nicht Betula (und niemand weiß, ob sie mich auch wirklich glücklich gemacht hätte?) suchen mich bereits in den Flitterwochen die ersten der *»Sieben Todsünden der Moderne«* heim. In der Folge habe ich jede Einzelne gut kennengelernt und gern von ihnen gekostet. Im Rausch suche ich Ablenkung, um mein Gedankenkarussell zum Stillstand zu bringen. Im Rausch kann ich mich meinen fanatischen Illusionen hingeben. Meine ach so viel geliebte Freiheit nutze ich lediglich dazu, mich selbst zu optimieren, um dabei mich eigentlich nur selbst zu unterdrücken! Weil ich Idiot die Wahrheit nicht mehr aushalte, stürze ich mich mit Hybris ins Leben: Suche das Risiko, weil ich eh nur mir noch vertraue. Gottvertrauen längst in den Wind geschrieben, fordere ich zum Spaß nebenbei noch den Tod heraus! Dabei zählt immer nur das, was kommen wird: Die Zukunft, das Neue ist die Prophezeiung des Guten. Der ganze Fortschritt nur des Fortschritts wegen, als gäbe es ein Morgen nur als Verbesserung. Wir nennen es Authentizität und haben dabei unseren freien Willen unbemerkt verraten! Lediglich betrunken und verliebt in uns selbst, in unserer Gefallsucht finden wir uns schließlich in der Masse der Vielen vereint. Dem Herdentrieb frönen wir ohne es wahr haben zu wollen und glauben wir seien jeder etwas Besonderes. Die anderen benutzen wir nur, um uns zu vergleichen und um uns gelegentlich in der Masse zu entladen und sind dabei wider Erwarten in der Nichtigkeit versunken. Allesamt schlagen sie mich mühelos in ihren Bann, die unwiderstehlichen, schönen »7«!

Verführerisch nehmen sie mich gefangen, ringen um meine Zuneigung und rauben mir den Verstand, was ja ihre ureigenste Aufgabe ist. Sie tun es gut, sie sind die Meisterinnen ihrer Künste. Sie sind meine Meisterinnen. Sie setzen mich auf diesen verlorenen Posten, der mein Thron sein soll. Unsere Vernunft erweist sich immer wieder als zu schwach und korrumpierbar. Dabei sind wir uns immer einig: Die Drogen wollen wir nicht nehmen, aber: *»The Man who comes back through the Door in the Wall will never be quite the same as the man who went out.«* Warum nur? In meinem allnächtlichen Traum beschwört mich Betula ihr diese Frage zu beantworten. Ich kann nicht beantworten, was wir warum getan haben. Es ist gekommen, wie es gekommen ist. Zu billig die Ausrede?

14.

Unsere Vorbilder sind beinahe alle tot. Helden sind Geschichte. Es gab eine Zeit, als Empörung noch geholfen hat; als die wilden »Gewächse« noch wucherten, als die Charakterköpfe, die Unbeugsamen und Eigensinnigen die Krone trugen. Diejenigen, die sich nicht bevormunden ließen von selbstgerechtem Konformismus. Wo sind die Typen mit Ecken und Kanten heute? Sie sterben nicht nur, sie sterben scheinbar aus. Als Individualist gefeiert ist man zum Nörgler degradiert. Alle Dornen vertrocknet und alle Wildrosen tot. Ich stehe vor Euren Grabsteinen und ganz hinten sehe ich schon die letzten offenen Gräber. Fühle wie es einsam wird um mich her. Ich knie nieder vor Euch, lege meine Krone nieder und verspüre nichts als Wut auf die Zurückgebliebenen: *»Schämt*

Euch Ihr Narzissten! Die ihr Euch in Eurer Selbstverliebtheit nur noch speist vom Neid auf das Glück der anderen. Ihr, die ihr Solidarität heuchelt und Gemeinschaft nur noch vortäuscht, haltet Euch und die anderen klein! Weil ihr Euch die Bequemlichkeit als Eure einzige Gebieterin erkoren habt. Ihr verbietet Euch selbst den Mund, weil man damit besser nach oben kommt. Nach Oben scheint die einzige Richtung, die ihr kennt. Ihr hasst das Glück der anderen und glaubt, sie hätten es Euch gestohlen. Woher sonst sollten sie es haben? Worin liegt Euer Stolz und Eure Würde? Euer Großmut, Eure Demut? Wie haltet ihr es aus, Euch selbst zu demütigen und kleinlaut die Floskeln nachzubeten, die Euch eine konformistische Gemeinde vorbetet? Indem ihr nach den Moralpredigten Euch sehnt, die eine hoffnungslos überforderte Elite Euch aufbürdet, weil sie selbst zum zahnlosen Tiger wurde. Aller Mangel wird Euch übertragen und Ihr seid Euch nicht zu schade ihn auf Euch zu laden? Man sagt, ihr seid schwach und ihr seid es, weil ihr Euch dafür entschieden habt! Sie sagen ihr seid unmündig und ihr gebt es zu, weil es Euch entlastet! So schwebt ihr dahin schwerelos und unbekümmert. Sie sagen ihr seid klein und ihr macht Euch noch kleiner! Wie lasst ihr mit Euch reden, wie Euch behandeln? Ihr seht es und ihr ertragt es, weil sie Euch glauben machen, dass das Eure Pflicht sei! Vorbei die Zeiten, da man Stolz dem Konformismus vorgezogen hat. In denen das Mitschwimmen noch verpönt war und das Nachmachen als ärmlich galt. Ihr seid nur noch

Nachahmer und Neidhälse, die nicht mehr wissen, was sie glücklich macht und deshalb lieber unglücklich ihren Neid pflegen. Steht endlich auf und erhebt Euch, wieder einmal aus dem Staub der Unmündigkeit, und lasst es, Eure eigene Bequemlichkeit für Glück zu halten!«

15.

Unterdessen ist es kalt geworden. Man könne auch gut auf mich verzichten, sagt man mir. Wenn man merkt, dass kein Interesse besteht, dann wird man immer weniger wert. Für sich, für andere, für mich. Nur manchmal noch kommt das Leben aus eben diesen Ritzen hervorgekrochen, dann macht es sich lang und legt sich dir zu Füßen. *»Wird schon bald vorbei sein. Denkst Du nicht?«* Für alle Fälle kann man es ja auf Video festhalten.

In dieser Zeit würde ich auf die Frage, was ich nun mit meinem Leben anfangen will, sicher wieder einmal antworten: *»Ich habe keinen Plan!«* Und auf die Nachfrage: *»Warum?«*, würde ich behaupten: *»Weil für mich keiner mehr vorgesehen ist!«*

Nun müsse es eben richtig losgehen, mit dem Geldverdienen, endlich der Respekt verdient werden, für all das Geleistete. Anspruch auf die Anerkennung, die man mir versprochen hat, wenn ich mich nur genug anstrengte!

Einst waren Menschen ohne Eigenschaften und jetzt haben sie nicht einmal mehr einen Plan. Weil ein solcher eben auch keinen Sinn mehr macht. Man verlangt heute, man müsse flexibel sein, wenn man in dieser Welt bestehen wolle. Was sie aber meinen ist, man müsse selbst einen Plan für sein Leben fassen, nur dürfe man nicht verbissen daran festhalten, sondern ständig bereit sein, diesen Plan zu verwerfen, um spontan einen neuen aus der Tasche zu ziehen. Gänzlich ohne Plan dazustehen ist keine Option. Welch vergebliche Kraftanstrengung! Mich kann man einen sanften Opportunisten nennen, bestenfalls, das würde mir gefallen; besser als gar keine Eigenschaft: *»Das Leben braucht keinen Plan, nur Entscheidungen«*, entgegnete ich einmal geistreich. Mittlerweile nennt man mich auch Mr. Neutron.

Und während Mr. Neutron an seinem Schreibtisch sitzt und in seinen Monitor glotzt, wird ihm immer klarer: Niemand legt mehr den geringsten Wert auf das, was er tut. Wenn er abends den Fernseher einschaltet, spricht Mr. MTV zu ihm in immer gleich formulierten Floskeln von den immer gleichen Krisen und Katastrophen. Er erzählt ihm von der *Zeitgeistin.* Er erzählt ihm dann von einer Welt, mit der er eigentlich nichts zu tun hat. Er redet über die Großen, die Präsidenten, sogar über die üblen Gestalten, die Verbrecher, über die Skrupellosen und Film-Stars, über Olympioniken, Dopingopfer und Nobelpreisträger, aber auch von den Hilflosen und Bedürftigen, von den Unterstützungsmissionen und Militäreinsätzen. Niemand spricht von Mr. Neutron. Er ist nur dazu da, die Welt im Innersten zusammenzuhalten, indem er sie in sich aufnimmt. *Mr. Neutron,* ist stets erwünscht, diesem Treiben zuzusehen, ohne ihn gäbe es kein Publikum und dem kommt die Aufgabe zu, dass das alles nicht auseinanderfällt. Er selbst sitzt an einem unscheinbaren Arbeitsplatz, bei seiner unscheinbaren Familie in seinem unscheinbaren Wohnzimmer. Er selbst ist klein und manchmal sogar unsichtbar. Er bräuchte schon ein Megafon, wenn er gehört werden wollte. Ehrlich gesagt müsste er schon in der Innenstadt Amok laufen, damit ihn jemand zur Kenntnis nähme. Und Mr. MTV würde über ihn sprechen. Doch sein Gesicht täte nichts zur Sache, es wäre unkenntlich gemacht, da ihn eh niemand kennt, blitzt er auf für fünf Minuten und vergeht, wie das Gesicht am Strand.

Und ich sage zu mir, im Großen und Ganzen, also im Vergleich zu all dem Elend, das der Mensch sich antut, ging und geht es mir immer gut! Das ist schon richtig und das ist schon ein Leben lang so. Glück im Komparativ, nenne ich das. Und doch bleibt stets das Restgefühl, nicht das zu tun, was wir *eigentlich* tun sollten?! Der Teufel steckt wahrlich im Detail! Stimmt es, dass wir nie erreicht haben, was wir eigentlich wollten? Oder haben wir nur nie gewusst, was wir wollten und sollten? Die echte Qual der Wahl: Und nun, nach all den Jahren, hat es ein Ende mit den Wahloptionen: Spaß haben! Unser neuer Imperativ. Im Angesicht der Endlichkeit schwinden langsam alle Optionen. Es bleibt uns nur das jämmerliche, selbstgewählte Konkrete! Im Gegensatz zum verbleibenden Rest ist das Konkrete immer erbärmlich klein. Worüber dann freuen? Über das vermeintlich selbst erreichte, das Gewählte? Dass das Leben kein Wunschkonzert ist und trotzdem schön ist? Schande über den unter uns, der es leugnen will! Und gerade deswegen, weil wir nie eine Wahl hatten! Nur die Lüge, die von der Freiheit

erzählte! Dabei hat mir nur kein Layout je ge-
passt! Man hat mir erzählt, der Individualismus
habe just gesiegt, als er bereits im Sterben lag.
Heute hat man ihn schon beinahe überwunden.
Man braucht ihn nur noch um Mr. Neutron bei
Laune zu halten, wenn Mr. Neutron den Fernseher andreht, um sich wieder einmal in Sicherheit zu wiegen. Bis es an der Tür klingelt.

Überrascht öffne ich die Haustür. Ein Fernseh-
team des Dritten Programms steht in meinem
Vorgarten. Meine fünf Minuten wären jetzt gekommen! Auf »Drei« solle ich meine Meinung
in die Kamera sprechen. Vom ersten Blitzlicht
getroffen, wende ich mich geblendet ab und
drücke von innen mit meinem ganzen Gewicht
die Tür ins Schloss.

16.

Die Zeitgeistin ist über uns hinweggefegt und
hat uns blind gemacht – für uns selbst. Wir haben uns aus den Augen verloren, bei all dem
Streben nach dem Vergeblichen, Unnützen,
Überflüssigen. Hat der Teufel nicht längst gewonnen? Ich bin lange schon nicht mehr ich
selbst! Ein Möchtegern geworden, paralysiert
ausharrend in seinem selbstgemachten Nest;

oder sollte ich besser sagen, in seiner selbstgestrickten Hölle? In der er jede Nacht, gebadet in seinem Schweiß, erwacht?! Aus mir wurde eine blasse Kopie im Meer der Vielen! *»We are all born originals - why is it so many of us die copies?«* Und wir glaubten die Wette getrost eingehen zu können? Wie naiv wir waren, zu glauben diese Wette irgendwann gewinnen zu können? Freiheit ist nicht mehr, als eine verlockende Illusion. Wir haben sie verehrt und selbstverständlich blieb sie allen verwehrt. Wie konnten wir glauben, uns gelänge, die Freiheit zu etablieren, gerade für uns, endlich sie zu verwirklichen? Und sieh die Zeichen heute! Sie deuten gerade in die andere Richtung! Sie wollen es doch noch viel enger. Sie stürzen sich Hals über Kopf in die Abhängigkeit. Wir begehren alle einen Platz an den Zitzen und an den Schläuchen, den Strippen, den Kabeln und Pipelines, den Leitungen und Nabelschnüren, an den Streams, die uns das Leben bedeuten. Es ist auch gar nicht einsichtig, weshalb nicht? Unabhängigkeit gibt es nicht und wird es nie geben, sie ist die größte Illusion des Homo Sapiens. Ein Traum, der zu keiner Zeit in Erfüllung gehen konnte: Alles hängt ab! *»Irgendwie, irgendwo und irgendwann.«* Wir haben den Traum davon gehegt wie einen Gott, Götzen, einen Dämon!

Was ist das? Ich höre den Chor der Vielen resümieren. Der Chor der Vielen stärkt mir den Rücken mit seinen Hohngesängen über unsere verlorene Revolution. Er verhöhnt uns und sich selbst und glaubt sich damit erlöst. Uns selbst den Spiegel vorhalten, okay, das ist redlich, das können wir! Doch resignieren? *»Boomer, das dürfen wir nicht! Nicht in die Gleichgültigkeit fallen, Boomer!«* Nach der verlorenen Revolution, der verfehlten Ideale, desillusioniert von den Ideologien und falschen Propheten, stehen wir heute vor der Frage: Lohnt es sich nicht, auch heute noch aufzustehen und für etwas zu kämpfen, das größer ist, als zynisch die Banalitäten der Welt zu bestätigen? Ist die Zeit unverändert schlecht, so stehe auf für das Recht!

Kann das sein? *»Lass es endlich sein!«,* höre ich sie singen. *»Der Kampf ist verloren und er war seit jeher ein sinnloser, aufzehrender Kampf!«,* schallt es in den Zelten. *»Lasst uns lieber den Rest noch genießen, der uns bleibt!«,* plärrt es, wie aus tausend Kehlen, *»Wir sind die Vielen! Wer will uns belangen?«*

OK, Boomer, wir sind die Vielen! Und wo sind wir gestrandet? In Statistiken? In der Schizophrenie? Am Pranger? In der Bedeutungslosigkeit? Auf der Sonnenseite des Lebens? Als letztes Gesicht, das am Strand vergeht? *»So nicht,*

Boomer! Erinnere Dich Deiner Wahrheiten: »It´s bet-
ter to burn out than to fade away!«
Haben wir es tatsächlich endgültig verkackt?

17.

Die Bücher sagen: *»Die scheinbaren Pforten der*
Wahrnehmung ließen sich nicht durchschreiten, nichts
Fassbares wurde erreichbar, kein anderes, neues Leben,
man konnte nur auf etwas schauen, es waren nichts als
Fenster, vielleicht, noch schlimmer, Spiegel.« Da schla-
ge ich das Buch zu. Ich fahre den Computer
herunter. Ich drücke auf *Off.* Es ist Zeit! Wenn
der Chor der Vielen verstummt, bin ich allein
mit dem Ticken der Uhr.
»Ja nun ist mal Zeit genug verstrichen! Zeit Resümee zu
ziehen, würde ich sagen, dass unser Handel endlich über
die Bühne geht!«
Erschrocken fahre ich auf und sehe mich in
meinem Arbeitszimmer um. Die Stimme kenne
ich und will sie nicht wahrhaben.
»Was hast Du nun nicht alles angestellt, zu Dir zu
finden. Wie lange soll es noch so gehen? Auch Du wirst
nicht ewig leben. Und damit auch meine Gelegenheit
verstrichen sein! Und komm´ mir nicht mit Eurem
Midlife-Ding. Der Zenit längst schon überschritten, ist
nicht das Resümee die Krise, es ist Dein lebenslanges
Unvermögen, nur etwas bei Dir selbst zu finden! Was

hast Du und Deines Gleichen nicht alles ausprobiert! Euren freien Willen, ohne Rücksicht auf Verluste, bis zum Exzess überspannt. In Verschwendung geschwelgt, bis zur Selbstauslöschung. Euch endlos befreit, und wenn es ernst wurde, Euch in der Herde geduckt. Und zum Spaß nebenbei noch den Tod herausgefordert, Chapeau! Ihr habt Euch selbst mehr vertraut als Gott! Seht an! Dafür gebührt Euch mein Respekt! Wie im Rausch Euch – gegen jede Realität – den Illusionen hingegeben. Euren Fortschritt nur des Fortschritts wegen betrieben, als gebe es kein morgen. Euch selbst nie wirklich gesucht, sondern nur selbst ausgebeutet, um Euch feiern zu können, und endlich Euch Eurer versagten Mutterliebe gewiss zu werden! Und dabei habt ihr Euren freien Willen gänzlich unbemerkt der Masse geopfert! Oder, was von alledem warst nun Du selbst? Was davon war es Dir wert, zu leben? Oder soll ich besser sagen, welche Rolle war die Deines Lebens?«

Ein diabolisches Kichern durchfährt den Raum.

»*Lass das, Du Idiot!*«, versuche ich mich der Verhöhnung des Teufels zu erwehren.

»*Mit Idiot bin ich gut bedient, da gab es schon Härteres, was ich mir anhören musste.*« Er kichert amüsiert vor sich hin. »*Langsam habe ich das Gefühl ich werde nicht mehr ernst genommen! Ich bin der Teufel, Herrgott nochmal! Was hast Du erwartet? Dass ich mich aufs Altenteil zurückziehe und Euch im Paradies allein belasse?*«

»Wer hat mich denn glauben lassen, mein echtes Leben zu leben?«

Ich gehe ich auf den Spiegel zu, in dem ich vermeine den Teufel wahrzunehmen.

»Du hattest da stets deine Finger im Spiel, gib es zu, das ist wider die Regeln!«

»Ich habe Dir lediglich den Spiegel vorgehalten. Ich wollte Dich schützen, indem ich dich hinwies auf Deine Rollen, denen Du verfallen warst.«

»Du hast mich erst dazu verführt, sie mir angeboten, bis ich nicht widerstehen konnte.«

»Jeden Kampf verloren? In jede Rolle geschlüpft, die man ihm offerierte, gespielt, mehr schlecht als recht? Und jetzt am Ende noch jammern? Ich bitte Dich, das soll es gewesen sein?«

»Niemand kann mir Faulheit nachsagen!«

»Aber auch nicht sein Gegenteil. Außerdem, das war nicht Teil des Deals! Angestrengt und nichts erreicht ist auch verloren. Das mit dem »Win-Win« ist auch so ein Unding Eurer Zeit. Zufrieden muss man sein, wenn bei einem Handel niemand verliert!? Wie naiv und lächerlich! Das Leben ist ein Nehmen und kein Geben. Und besser man nimmt sich bei Zeiten! Da waren andere schon weiter als Ihr.«

»Ich sehe ein, nur eine Rolle zu spielen und ein kostbares Leben als Rolle nur zu durchleben, lässt mir das eine Wahl!«

»Ach sieh an, das Unschuldslamm. Genau an diesem Punkte hättet ihr vielleicht ansetzen können. Aber kri-

*tischer Geist und Verzicht ist auch Eure Sache längst
nicht mehr. Ihr glaubtet wirklich das Paradies ist allein
Eures?! Ein für alle Male? Ausgerechnet jetzt nach den
tausenden von Jahren? Wer glaubt ihr, dass ihr seid?
Da hatte ich, mit Verlaub, noch immer ein Wörtchen
mitzureden!«*

Was ist mit mir? Sehe ich in den Spiegel, glotzt
mich der Teufel an, der verdammt nochmal
aussieht, als sei ich es selbst! Den, den ich immer für mich Selbst hielt, ist und war nur
Schauspieler meiner selbst, der an seine eigene
Maske glaubt?! Ich kann die Maske nicht mehr
von mir unterscheiden, nicht loswerden, nicht
verändern. Es wird nichts bleiben, als sie zu
zerstören! Selbst wenn ich mich dabei selbst
zerstören muss! Ich reiße, so fest ich mir selbst
weh zu tun vermag, an meiner Maske, die Eins
geworden scheint mit mir.

»Hilf mir, Clio! Reiß mir die Maske vom Kopf!«

Auch mit Hilfe von *Captain Clio* will es nicht
gelingen, die Maske von mir zu scheiden: *»Alles
vergeblich! Ich muss den letzten Schritt gehen!«*

»So nicht, Boomer!« ruft der Teufel entsetzt, *»So
kommst Du mir nicht davon! – Zuerst Deine Seele!
Danach kannst Du machen, was Du nicht lassen
willst. Gestehe, dass ich gewonnen habe! Du hast vergeblich versucht, Du selbst zu sein! Du bist ein Mitläufer
geworden, ein Massenmensch, ein Herdentier, wie alle
anderen mit Dir! Leere Kopien, und zusammen habt*

ihr die Welt auf dem Gewissen! Dafür hole ich mir mit
Verlaub nun meine Wettschulden ein!«

Wo bin ich nur gelandet? Angesichts meiner vertanen Chance und der ausweglosen Situation mein Leben so zu leben, wie ich es für richtig hielt, erfasst mich der blanke Zorn. Und ehe es der Teufel holt, zerschlage ich eigenhändig mein vermeintliches Paradies! Sei es das letzte, das ich selbstbestimmt unternehme. Ich werde wenigstens selbst mich ein letztes Mal von der Bühne verabschieden.

»Nun, es ist Zeit, zu gehen!«

Die Vielen klatschen Beifall und zollen selbstgefällig stillen Respekt, obgleich sie allesamt sich lieber im Dunkeln halten. Sie tuscheln beschämt und lehnen sich bequem zurück. Er ist sehr still geworden, der Chor der Vielen.

*»Halt! Stopp! Was meinst Du damit?«, ruft d*er Teufel zornentbrannt und entweicht aus dem zerborstenen Spiegel.

»So nicht, Boomer! So haben wir nicht gewettet!«

18.

»Zu glauben, dass er authentisch sei - sich selbst findet,
nur indem er anders sei, als die anderen, war einfach
nur dumm. Wenn genau das nämlich auch alle anderen

glauben, dann …, nun, was dann?«, murmelte der Teufel vor sich hin.

Ich ahnte nichts von der Existenz und der Notwendigkeit der Masken aller, wie ich auch nichts ahnte von der meinen, und dass ich immer einer bedurfte, so sehr ich auch glaubte ihr zu entsagen. Weil der Teufel mich stets glauben machte, es sei jeweils mein wahres, mein ganz eigenes Gesicht. Ich und meine Maske sind also über die Jahre »Eins« geworden. Sie lässt sich nun nicht einfach abnehmen. Die simple wie grausame Wahrheit ist, sie lässt sich nur zusammen mit mir selbst vernichten!

»Wie nur kann ich Dich abhalten? Diese Dummheit ist unbegreiflich. Purer Eifer und eine erneute Täuschung«, säuselte der Teufel, der in Gestalt von Betula neben mir auf dem Beifahrersitz hockte. Ich fahre mit meinem Auto hinaus zu »unserer« Klippe. Hier stand ich oft mit Betula, um den Sonnenuntergang zu bewundern. Nun zünde ich mir eine letzte Zigarette an, sehe ein letztes Mal durch die Fahnen des Rauchs die Farben einer sich entziehenden, untergehenden Sonne zerlaufen. Heute soll es auch mein Untergang werden. Da muss ich spontan kurz lächeln, da ich die glücklichen Momente mit dem Mädchen meiner Träume erinnere. Diesmal allein, und dennoch fühle ich Betula neben mir auf dem

Beifahrersitz. In ihren Augen erblicke ich das verheißungsvolle Funkeln, und bin keineswegs mehr überrascht, als ich den Teufel darin erkenne. Nein, es macht mir gar nichts aus. *»Was ist? Nichts mehr zu lachen?!«* werfe ich ihm zynisch entgegen. Der Teufel schickt sich jetzt an, unter Schmerzen krümmend mich anzuflehen: *»Überdenke Deinen Plan! Mein Bester, all mein Mühen, mich ins Ich zu schleusen, soll zum Scheitern verdammt sein? Wenn Du dich jetzt umbringst, war alles umsonst! Dein Bemühen ebenso wie meines. Ich bin das Sollen und Du und die Vielen ihr habt mich verabscheut, so blieb mir doch nichts Anderes zu tun! So war ich doch versucht, mich als Ich getarnt einzuschleusen. In ein jedes Selbst habe ich es beinahe geschafft, sodass ein Sollen überflüssig ward! Ich bin das Ich, das Dir befiehlt, Du selbst zu sein! Drum lass es sein, sonst sind wir beide nichts!«*

»Lass es, Du hast doch schon gewonnen. Auch wenn Dir jetzt der Gewinn entgeht und diesmal keine Seele für Dich herausspringt. Sieh es sportlich ein wenig Verzicht kann auch Dir nicht schaden.«

Mit den letzten Worten schließe ich beinahe zufrieden meine Augen, als könnte ich vorab dem Treiben ein Ende setzen und das Trugbild dieses Kretins, der sich nicht scheut, mir meine Erinnerungen zu schänden, einfach ausknipsen. Dann werfe ich stoisch die Zigarette aus dem offenen Fenster, wie einst James Dean vor dem

Hasenfußrennen und gebe Gas. Meine letzte Rolle! Der Wagen heult auf, rast Richtung Meer und schießt, möglichst lange der Schwerkraft trotzend, in perfektem Bogen über die Klippe. Was nun der Teufel in jener Situation tut, bekomme ich nicht mehr mit.

19.

Nun liege ich in märchenhafter Kulisse auf dem Meeresgrund und denke, alles nur ein großes Missverständnis? Trügt mich meine Erinnerung? Wieso bleibt mir nicht die Luft weg? Ich werde beatmet. Mir ist als erwache ich gerade langsam und tauche empor aus einem Traum, wie aus einem Meer. Warum schwebe ich hier gen Licht? Meine Narkose schwindet, ich sehe Feen, die um mein Bett tanzen in transparenten Kleidern, beinahe nackt, erinnern sie an Krankenschwestern. Sie stehen für mich bereit, umringen mich, verbreiten eine frohe Stimmung. Die Feen feiern meine Wiederkehr. Doch dann Dunkel und Schwindel, ich sinke zurück, hinab ins Unbestimmte, verharre schwerelos in blauer Nacht, feucht, nassgebettet im Dunkel des Ozeans. An der Grenze zum Licht schwebe ich dahin, zwischen von mir achtlos abgelegten Gegenständen meines Daseins. Allesamt stammen aus meinem Leben. Jeder von ihnen gehört zu irgendeinem Moment meiner Existenz. Jedes Teil entstammt einer Reihe von Situationen, die ich nicht mehr in der Lage bin zu benenn, die ich aber tief zu mir gehörig verorte. Ich höre wieder die guten Feen singen, in weiter Ferne mit für mich beinahe nicht wahrnehmbar hohen Stimmen. Licht durchdringt mit jedem Ton die ewige Nacht, es öffnet sich der Ozean für mich. Die Feen im Kreis formiert blicken durch jene Öffnung, die sie selbst zu mir herunter getrieben haben, sodass mit einem Mal mir auch ganz gewöhnliches Atmen wieder möglich wird. Ich bin wach, aber zu schwach zum Sprechen, an jeglicher Äußerung gehindert, fühle ich vergeblich meine Lippen sich formieren in dem Versuch wieder Kontakt aufzunehmen. Doch bleibe ich stumm, tausend Meilen unter dem Meer. Allein die Zeitgeistin meint lakonisch: »Ich halte das 20. *Jarhundert in seiner Gesamtheit für einen Fehler.«*

INTERLOG

»Ich rief M. am nächsten Morgen noch einmal an. Mir ließ seine stumme Mimik der Verzweiflung keine Ruhe. Und ich wollte ihm ein Angebot machen, das ihm helfen sollte auf andere Gedanken zu kommen. Als er an diesem Morgen endlich ans Telefon ging, war er extrem wortkarg und man konnte erahnen, dass er eine schlimme Nacht hinter sich hatte. Er brachte kaum ein Wort heraus und mir war gar nicht klar, ob er mich überhaupt richtig verstehen konnte und ich fragte ihn: »Hast Du getrunken?« *Da platzte es aus ihm heraus: Letzte Nacht sei ihm eines klar geworden:* »Der Pakt war der Fehler! Ein einziger Fehler! Verheerend für mein Leben!«

»Wovon sprichst Du?«, *hakte ich nach. Doch nun sei Schluss damit, sagte er, er werde jetzt diesen Pakt auflösen! Beenden ein für alle Mal! Jetzt, da er ihn erkannt hatte, könne er es und müsse er es tun! Ansonsten beginge er* »Verrat an der Zweiten Chance!«, *wie er meinte.* »Es war gut, das vermeintliche Paradies zu zerschlagen. Aber nur ein erster Schritt. Mit der Zerstörung meiner vermeintlichen Sicherheit hätte ich nicht zögern sollen! Neuen Mut hätte es gebraucht!«

Nachdem ich M. aufmerksam zugehört hatte, unterbreitete ich ihm ein Angebot, und er fragte nur ungläubig wie in Trance zurück: »Eine Theatergruppe?«

»Es wäre eine Aufgabe, dachte ich, eine Herausforderung täte Dir vielleicht gut?!«

Ich erläuterte näher, wie ich gedachte, ihm in unserer Theatergruppe einen Platz einzuräumen. Er war ja schließlich gelernter Schauspieler, er wäre bei uns der einzige seines Faches gewesen. So versuchte ich ihm die Entscheidung auch noch schmackhaft zu machen. Zuerst klang er gar nicht abgeneigt, da er spontan begann alles zu durchdenken, dennoch zögerte er und verlangte schlussendlich Bedenkzeit. Ich schlug ihm vor, er könne jederzeit, wann immer er soweit wäre, bei einer unserer Probe vorbeizuschauen.

»Wir beginnen gerade erst mit der Arbeit an einem neuen Stück«, *erklärte ich ihm,* »Besorge Dir doch die Lektüre, dann kannst Du sehen, ob Dir der Stoff gefällt.«

Zum Abschied hörte er sich noch zuversichtlich an und erkundigte sich rasch noch nach dem Titel des Stückes und ich sagte ihm: »Das Stück, das wir spielen wollen ist ziemlich neu, es heißt Lifealbum.«

Mit einem Mal war die Leitung wie tot. Ich wartete geduldig und hielt den Atem an, um doch noch eine Reaktion erhaschen zu können. Er durchbrach die Stille und sagte leise:

»Es tut mir leid. Ich kann nicht …«

Dann hörte ich nur noch, wie er sich übergeben musste.

Teil 5

20.

Das Telefon klingelt. Die Fliegen feiern ein Fest auf den Resten der Nacht. M. liegt am Boden seines Arbeitszimmers, in dem er sich letzten Abend eingeschlossen hat. In der Absicht der Welt nun für immer den Rücken zu kehren, hat er die Jalousien geschlossen, die Vorhänge zugezogen, die Fensterläden verriegelt. Dem Zustand seines Zimmers nach zu urteilen, hat er eine wilde, zügellose Nacht durchlebt. M. versucht angestrengt die Fliegen, die um ihn kreisen zu verscheuchen. Als er sich zwingt, seine Augen zu öffnen und er ins Licht blinzelt, das durch ein Loch im Fensterladen genau zu ihm einen Sonnenstrahl durchlässt, erkennt er die Schemen einer Hand. Eine Hand, die soeben eine Wasseroberfläche durchstößt. Sie greift durch gallertartiges Nass gezielt nach ihm und packt seinen Arm. Sie zieht ihn nach oben, immer weiter gen Licht. Die Erinnerungen sind noch nicht bei ihm, als er erwacht. Am Meeresboden zwischen den Frackteilen seines Lebens? Nein, er weiß instinktiv, es ist das der erste Tag in einem »*neuen*« Leben.

Das Telefon klingelt. Er geht ran und hört, wie durch Watte gedämpft, die warme Stimme von Betula. Er habe nicht erwartet, dass sie ihn nach der gestrigen Fahrt noch einmal kontaktieren würde. Es tut aber sehr gut, ihre Stimme zu hören. Lange lauscht er ihren besorgt klingenden Worten, obgleich man merkt, dass sie sich bemüht geschäftlich distanziert zu klingen. M. ist selbst noch kaum in der Lage zu kommunizieren. Als Betula schließlich das *Lifealbum* erwähnt, schießt es ihm feurig heiß die Kehle hoch. Der Kopf, die Nacht, das Spiel, der Traum, alles ist plötzlich zugleich präsent. Alles ist reine Erkenntnis und ihm entweicht in dem Moment die letzte Spur aller unheilsamen Überzeugungen. Der Pakt darf nicht länger Gültigkeit behalten! Mehr kann er nicht antworten, ihm kehrt sich sein Inneres nach außen.

M. erinnert nicht mehr, ob er den Telefonhörer noch aufgelegt hat und wie er das Gespräch beendet hat. Ihm war nur noch eines im Kopf: Er ist sich gewiss, er ist frei, endlich!

Ihm ist nach einer Runde schwimmen. Noch ehe er realisiert, dass es Herbst ist und eine dicke Schicht Blätter auf dem Wasser des Gartenpools schwimmt, zieht er seine erste Bahn. Als könnte ihn nichts beirren, stößt er mit Kraft und Ausdauer durchs Wasser geradewegs durch die dicke Schicht welken Laubs, die er mit kraftvollen Zügen teilt, wie den fauligen Mantel seiner Geschichte. In Trance durchlebt er seine Bewegungen, Zug um Zug macht er sich frei und beendet die Lügen seines bisherigen Lebens. Der Kopf wird klarer und klarer. Er hält durch, ist gnadenlos zu sich selbst. *»Nein nicht schon wieder! Lass Dir Luft zum Atmen«*, denkt er, oder hörte er es? Er stemmt sich auf den Beckenrand.

»Captain Clio? Bist Du es?«
»Wer sonst? Ich lasse Dich nicht allein.«
»Und Du hast wie immer Recht. Ich verspreche, ich lasse mir Luft zum Atmen! Ich bin nun frei!«
»Diesmal sollte es gelingen!«

In tiefen Zügen holt M. die kühle Herbstluft in seine Lungen. Mit einem maßlos tiefen Atemzug, als wolle er die Welt aufsaugen.

21.

»Leben wir nicht in einer besseren Welt, als noch unsere Großeltern? Wir müssen nicht hungern, wir können frei wählen. Wir müssen uns nicht beugen und können unsere Stimme erheben. Unsere Kinder müssen nicht mehr fürchten, von ihren Lehrern geschlagen zu werde, von den Eltern beschimpft und von Aufsehern vor anderen

erniedrigt zu werden! Gibt es nicht erwiesenermaßen so wenige Kriege auf unserem Planeten, wie noch nie? Und doch machen die wenigen uns mehr Angst? Haben nicht Generationen dafür gekämpft, die Möglichkeit zu haben, alles in unserem Leben selbst zu bestimmen? Tun wir es! Haben wir wirklich so oft falsche Entscheidungen getroffen? – Nein, nur zu oft haben uns der Mut und meist auch die anderen verlassen. Ihr müsst nicht länger glauben, was man erzählt! Ihr müsst nicht tun, was ihr tun sollt! Ihr braucht nur zu tun, an was ihr glaubt!«

Das nun war seine Ansage! Dann kreischten die Gitarren los und donnerte der Bass, angetrieben von Schlagzeug und dem Toben der Vielen.

Er hat Betula in jenem benebelten Moment nur absagen können. Ihm war nicht wirklich eine Wahl geblieben, zu überwältigend waren ihre Worte für ihn zu jener Zeit. Geradezu unwirklich erschien es ihm, als sie von einem *»Lifealbum«* sprach! So konnte er damals ihr einfühlsames Angebot nicht gebührend würdigen. Was ihm noch immer sehr leid tut. Worüber er bislang aber mit sich nicht ins Reine gekommen ist, ist die Frage: Hat er, M. ihr immer noch nicht verziehen?

Allein um nicht länger an diesen alten Geschichten festzuhängen, fasst M. direkt nach jenem Telefonat den Beschluss, sich seiner ewigen Leidenschaft der Musik zu widmen. Ehe er sich versieht, tingelt er schließlich mit einer Handvoll gleichgesinnter Kumpels als Rockband durch die Lande. Die vielen Abende in den Clubs und Kneipen zeigen Wirkung, allein weil M. auf diesem Weg wieder unter die Menschen kommt. Er selbst hat nicht mehr daran geglaubt noch einmal das Gefühl der Gemeinschaft erfahren zu dürfen. Jetzt und heute ist seine Tour mit der Band eine Tour in die Köpfe der anderen. Sie sind die Vielen und die Musik verbindet sie und tröstete sie gleichermaßen, auch wenn jeder seinen unsichtbaren Rucksack mit sich trägt, aus dem ihre individuelle Hölle hervor lugt. Allabendlicher Rausch der Einheit unter den Verschiedenen lässt endlich seine Seele an Ruhe denken. Die Erschöpfung nach seinen Konzerten trägt ihres dazu bei und wird von M. als Erfüllung empfunden. Das Alter steckt in den Knochen, aber man kann damit gut oder schlecht leben, und zu musizieren ist ihm immer noch ein Lebenselixier! Diese Freude von der Bühne an sein Publikum zu vermitteln beschert ihm mehr, als die kärgliche Gage, es ist ihm der lange verwehrte Friede.

Bis zu jenem Abend. Es ist einer der größeren Auftritte im legendären *Sting-Club*. Seine Band ist durchaus schon ein Begriff in der Stadt. Und der Abend scheint sich zum Besten zu entwickeln, als M. im größten Moment der Freude klar wird: Es ist noch nicht vorbei! Es herrscht ein Summen und Vibrieren im Saal und M. erblickt die glühenden Hörner in der Masse. Ihm ist sofort klar: Es ist nie vorbei! Konformität und Banalität lauern stets da draußen zwischen den scheinbar Harmlosen und Belustigten, den Betrunkenen und Berauschten! Sie lauern Dir auf, Dich zu betören mit einfachen Wahrheiten und simpel gestrickten Illusionen. M. versucht Gesichter in der Menschenmasse vor ihm auszumachen, doch sie weichen seinem Blick aus. Sie beginnen zu leuchten und sie erscheinen ihm auf einmal leer und durchsichtig. Alles vibriert und wabert, er kann in diesem Moment genau sehen, wie seine Worte durch die Köpfe jedes Einzelnen hindurchgehen, um schließlich in der stickigen Saalluft zu verpuffen. Es ist ein rundum gelungener, ja eigentlich perfekter Auftritt seiner Band doch niemand ahnt seine Ängste. Die Gebrüder der Ablenkung treiben munter ihr Unwesen, das begreift er in diesem Moment. Die Vielen sind ihm keine Hilfe! Alle reden von dem, wovon sie immer reden! Tun noch, was immer sie tun sollen! Mutlos sind sie, immer noch!

22.

M. flieht geradezu nach dem Konzert in sein Hotelzimmer. Dort stehen sie immer parat, seine gut bekannten, kleinen Helferlein in der Minibar. Und auch die Experten und Coaches rufen ihn wie selbstverständlich an. Sie wollen gratulieren. Sie beglückwünschen ihn. Sie würden stets helfend zur Seite stehen. Mit Rat und Tat stehen sie bereit, um auf ihre Kosten zu kommen. »Nein! Nein!«, M. bricht zusammen, fällt auf seine Knie, »Wieder diese Erwartungen. Sie tun immer noch alles, aus mir einen Leistungsträger zu machen, einen gehetzten seiner eigenen Erzählung! Sie schlagen meinen Verstand!«

Niemals würden sie das so sehen oder zugeben, vielmehr hören sie nicht auf, zu beteuern, M. zu einer einzigartigen Karriere verhelfen zu wollen. Wie eben allen anderen und somit niemandem?! Vielmehr sollen alle zu dauergrinsenden, ewig gutgelaunten, konsumierenden Verhaltensrobotern werden, die im Mainstream paradoxerweise permanent ihre Ellbogen gebrauchen, um voranzukommen. Douglas Coupland schreibt, »wahrhaft moderne Menschen sind charismatisch und reagieren nur auf ebenfalls charismatische Menschen.

Um zu überleben, müssen wir Charisma-Roboter werden, die sich selbst zur Marke stilisieren.«

Ja, das kommt ihm bekannt vor. Was suchten und suchen sie noch immer – die Traumdoktoren in M.´s Kopf? Erschreckend, dass er sie nicht überstimmen kann, sie aber auch nicht vermag loszuwerden. Wann ist damit ein Ende erreicht? Sie berauben M. abermals seiner Träume. Wie einst die Musiklehrer ihm einredeten, er solle die Finger von der Musik lassen. Wie seine Eltern ihm abrieten, etwas mit der Musik anfangen zu wollen. Dabei ist er noch heute so froh, ihr treu geblieben zu sein, immer wieder zur Musik gefunden zu haben. Sie ist tatsächlich immer noch da, sie hat stets auf ihn gewartet. M. will sie nie wieder aufgeben! *»Long live Rock ´n´ Roll – till the day I die!«* Aber ebenso sind sie noch am Werk, all die Traumdoktoren, die M. als den planlosen Träumer wohl niemals ernst nehmen werden. Sie wetzen noch immer ihre Skalpelle, um den Dreamer, den Spinner endlich zur Vernunft zu bringen! Auf dass auch er endlich eine vorzeigbare Biografie bekomme! *»Worin besteht die Geschichte Deines Lebens?«*, fragen sie. Episode reiht sich an Episode, Versuch folgt auf Versuch folgt auf Irrtum! Sie werfen M. vor, nie einen Plan für sein Leben gehabt zu haben. Ist das vielleicht seine Schuld? Ein ewiges Ausprobieren, sei das gewesen! Ja, das kann ein Leben sein! Vielleicht ist es sogar die Quintessenz des Lebens: Machen, Ausprobieren! Das macht sich nicht gut im Lebenslauf! Da wünsche man sich schon gerne einen Anfang, ein Ziel und einen würdevollen Abgang mit allen Ehren, sagen sie. Heute muss schließlich jeder selbst an seiner Autobiografie feilen, weil er kaum erkennen kann, welche Erzählung sich hinter seiner Existenz verbergen mag.

Nun ja, Gott ist tot, was will man machen?! Schade nur, dass man die eigene Biografie nach dem Ableben nicht noch einmal Korrektur lesen und redigieren kann, um aus dem Stückwerk noch etwas Rechtes konstruieren zu können! So möge man sich doch zeitnah einen roten Faden ins Lebensalbum weben. Die Ignoranten und ewig Gestrigen haben einfach nicht gesehen, dass es M. ins Lebensbuch geschrieben ward, alles stets aufs Neue selbst zu verhandeln! Anstrengend gewiss, – es gab schließlich keine Vorgaben! Stattdessen hieß es, man kann alles revidieren: Familie, Religion, Geschlecht, Moral, Ehe, Sex, Gemeinschaft, Natur, soziale Beziehungen, politisches Engagement, Karriere, alles egal - im besten Sinne! Doch tue stets das Richtige! Du kannst alles werden, also versage nicht!

Und an dieser Stelle beginnt es immer wieder, das Karussell nimmt Anlauf. Noch ein Helferlein auf ex! Die Gedanken nehmen ihre Fahrt auf, das Ringelspiel ist nicht mehr zu stoppen; die dauerhafte, unausweichliche Wirkung der Gehirnwäsche der Modernen. Und ihr einziges Hilfsangebot: Drogen. Sie haben seinen Verstand geschlagen, sein Selbstvertrauen ist nachhaltig misshandelt und die Narben wird er sein Lebtag nicht wieder los. M. bleibt nur zu weinen, ohne jedes Gefühl. Die Nacht nimmt kein Ende. Die Minibar ist wieder einmal leer. Der TV-Sender überstrahlt alles mit endlosen Werbespots. Die Nacht nimmt kein Ende, Mr. MTV nimmt ihn wieder einmal fürsorglich in seine Arme und begrüßt ihn zuverlässig: *»Please allow me to introduce myself!«*

23.

»Sie fühlen sich nicht gut?
Sie fühlen sich gar ein bisschen schlecht?
Kennen Sie die Gesetze der Evolution? Nein?
Dann lassen Sie mich Ihnen sagen, die Erfindung des
Menschen wird sicherlich noch einmal erfolgreich sein
Es wird uns abermals einen Schritt vorwärts bringen –
die einzige Richtung, die die Menschen je gekannt haben.

Optimismus ist ihr Treibstoff in Herz und Verstand.
Sogar jeden Schritt zurück nennen sie einen großen nach
vorne. Hoffnung heißt das Schiff, das sie zu neuen Küs-
ten bringt und Blindheit ist dabei ihre Gunst!
Auch ihr Projekt »Neue Menschlichkeit« – auch »New
Manity« genannt – wird alles schützen, was sie nach
vorne bringt, wie digitale Computer, digital verbesserter
Körper und Geist - gemacht von Dr. Robot.
Nicht länger Jesus Christus oder Mahatma Gandhi,
Buddha oder Mao sind Reformer unserer Gesellschaft,
sogar Gott ist seit langem tot.
Das Zeitalter des Individualismus ist vorbei. Die Zeiten
der Individuen sind vorbei. Das Reich des Individualis-
mus konnte nur kurz sein: Die Verschwendung war zu
groß – wie schon Nietzsche wusste.
Dasselbe für alle und Glück für jeden wird heutzutage
nicht mehr von Philosophen festgelegt. Sie werden vom
Statistischen Zentrum bestimmt.
Konformismus statt Individualismus! Algorithmus statt
Moral! Aber sicher und effizient!
Freuen Sie sich auf Dr. Robot! Dr. Robot bringt Euch
»M.«. Die »Neue Vielheit«, um endlich die digital ba-
sierte Gesellschaft für robotergestützte Körper und Ge-
hirne zu erreichen: Bitte einstecken! Dr. Robot bringt
Dich in die Zukunft«

Gleichheit statt Gerechtigkeit – Algorithmus
statt Moral. Lebe Dein kontrolliertes Leben bei
Dr. Robot! *»Save and efficient – No risc, but fun!«*

Ist das der Todeskampf fordistisch-tayloristischer Produktionsprozesse und der Niedergang einer »Wohlstand durch Arbeit«-Welt? Die Technik verdrängt die Wissenschaft. Das Smarte überholt die Mühen. Ist deshalb die Zukunft eine Dystopie? Keineswegs. Der *»Neue Mensch«* lebt – wie immer – in einer besseren Gesellschaft! Diesmal ohne bedrückende Individualität, anstrengende Freiheit und Kraft zehrende Selbstoptimierung! Wir stöpseln uns ein, wir hängen ins an den Tropf und erleben nur noch gute Momente. *»Plug in at Dr. Robot – You get what you want!«,* steht auf dem Schild über dem Eingangstor, wie auf allen Logos, mit denen Dr. Robot das Land überschwemmt.

Man muss Glück haben, wenn man heute im Free-TV noch auf Filme zwischen den Werbeblöcken stoßen will! Oder ist es mittlerweile das Gleiche?! Alles ein Strom, der auch genau so unmittelbar in die Synapsen gespeist werden kann, dass er von einem Traum nicht zu unterscheiden ist. M. Erwacht. Er fühlt sich erschöpft. Es ist heller Vormittag und Mr. MTV redet immer noch. M. kann kaum unterscheiden was Traum und was Werbung, Bericht oder Dokumentation ist. Gibt es Dr. Robot schon wirklich, oder will ihn da nur wieder jemand abzocken? Man muss vorsichtig sein mit der

Wirklichkeit. Sie haben eine Telefonnummer eingeblendet. Die Zukunft hat bereits begonnen. M. weiß nicht, ob er sich freuen soll, aufgewacht zu sein. Aufwachen ist sowieso das Schlimmste. Lieber für immer im Uterus schweben. Vielleicht liegt im Zurück woher man gekommen ist, die Glückseligkeit? Der wahre Kreislauf des Lebens. Die lockende, beschützende, umsorgende Welt des Dr. Robot ist der Weg dorthin zurück?

Was, wenn es dort eine ewige Glückseligkeit gibt? Irgendwie fühlt sich M. jetzt bereit die vollkommene Neue Welt des Dr. Robot zu betreten. Endlich Glück ohne Reue, ohne Ende? Sind wir nicht irgendwie dafür gemacht? Frieden und Freude ein Leben lang? Endlich die Ruhe erlangen, Zufriedenheit durch Technik? Wir haben den Boden bereitet, die Daten gesammelt. Und nun kein Zurück! Ist das vielleicht sogar der Verdienst seiner Genration? Seiner Generation? Vielleicht ist die Welt, schon immer die Welt, die wir uns erträumen, eine »Neue Welt«, die von uns selbst entworfen und konstruiert ist? Wenn Gott tot ist, wäre das nicht sehr abwegig. Ja vielleicht sogar die einzig zulässige Schlussfolgerung!? Wir haben sie schon sooft gesucht, die »Neue Welt«: Auf fernen Kontinenten, auf dem Grund des Meeres, auf den Gipfeln der Berge, auf dem Mond, im Universum, in fernen Galaxien; dabei liegt das Fremde in uns selbst! Wir sind tatsächlich unseres eigenen Glückes Schmied! Unser Geist, der uns mit dem rechnen lässt, was auch immer wir uns erdenken. Wir sind uns so fremd, dass die Aufforderung »authentisch zu sein« nur eine bedeutungslose Hülse ist. Wir sind die Summe unserer Konstruktionen und unser Handeln resultiert aus dem, was wir darin erkennen. Die »Neue Welt« liegt immer schon in unserer Realität! Aus den von uns geschöpften Daten, kreiert Dr. Robot seine Welt, auf dass wir nie mehr gelangweilt würden. Aus unserem Wissen und unseren Daten, unserem Tun und unserem Lassen, sprießt endlich der Digitale Baum!

Dass die Zukunft nicht über eine gerade Linie erreichbar sein würde, die von unserer Mitte hinaus reicht ins All, sondern nur nach einer existentiellen Trennung der Zukunft von der Vergangenheit, in uns selbst vorzufinden ist, wissen wir nun. Der Strahl in die Zukunft ist gekrümmt. Er fällt immer wieder auf uns zurück. Unsere Wahrheiten bleiben dabei nicht weiter Wahrheiten, sondern sie mahnen uns, stets abzutöten, was wir davon in uns tragen. Denn stets lockt die Versuchung des Neuen:

»Willkommen in der Zukunft! Willkommen in der
»Neuen Welt« des Dr. Robot!
Dir geht es nicht gut? Du fühlst Dich nicht wohl? Rufe
nach Dr. Robot! Und dir wird geholfen!
Befreit von den Mühen der körperlichen und seelischen
Schmerzen, schlechten Stimmungen und Gedanken!
Grübeln? Denken? – Wozu?
Alles nur sentimentale Relikte einer kritischen, längst
überholten Epoche!
Dr. Robot verfügt in seiner Daten-Welt der enhanced
bodies und des Ewigen Lebens über jeden Kniff, den die
Technik zur Verfügung stellt.
Rufe Dr. Robot und Dir stehen bedeutend mehr als eine
»Neue Welt«, nämlich die »New Manity« offen, von
der WIR, die Vielen, schließlich einmal geträumt ha-
ben! Für die WIR einmal selbstlos angetreten sind! –
Für die Menschheit!
…«

»Endlich! – Beam me up«, schießt es M. noch
durch den Kopf, da hält er schon die Fernbedienung fest gedrückt und wählt … und wählt
und wählt … und fällt … zurück in tiefen
Schlaf …

24.

*»… Seit 1886 brennt die Flamme der Freiheit hoch
über dem Hafen der Neuen Welt, für das höchste Gut
der Menschen, leuchtet sie den Weg in die Zukunft, in
der wir heute Zuhause sind! …«*

Die Fernbedienung hängt noch in seiner er-
schlafften Hand. Aus dem Schlaf gerissen von
dem endlosen Monolog eines Dokumentar-
sprechers, packt M. diese und stellt den Fern-
sehapparat ab. Was war geschehen? Mit ihm,
mit der Welt, wie er sie kannte? Warum strebt
heute eigentlich niemand mehr nach Freiheit,
sondern jedermann sucht die starke Hand? Ein
jeder legt die Sorge um sein Wohl bereitwillig in
die Hände anderer. Freies Handeln und auto-
nomes Entscheiden ist anstrengend und gänzlich aus der Mode. Stattdessen wünschen wir
uns zurück in die Geborgenheit des mütterli-
chen Uterus und in die väterliche Strenge. Oder
eben in eine Bevormundung mit lebenslanger
Nabelschnur zu einem Dr. Robot? M. – noch
gefangen in den Resten seiner Träume –, packt
der Zorn über seine eigene Undankbarkeit! Ihm
wird klar: Es wird Zeit sich von den Dämonen
vergangener Zeiten zu verabschieden! M. er-
mannt das mutige Gefühl, dass er ab sofort

nichts und niemanden mehr bedarf, sich stark genug zu fühlen, sein Leben zu leben! Wie oft haben die Traumdoktoren versucht ihn auszuhöhlen?! Nur, um ihn hinterher mit ihren Glücksratschlägen wieder aufzufüllen?!

M. kehrt heim. Endlich mit einem guten Gefühl! Er beginnt aufzuräumen und auszumisten. Er kehrt die Scherben zusammen und richtet die Bilder zurecht. Auf einem rasch anwachsenden Stapel türmt er die Dinge seiner Vergangenheit, die er nicht mehr bedarf. Er nimmt sich vor den wenigen Dingen die bleiben sollen den richtigen Platz zuzuweisen. *»Irgendwann ist es auch 'mal gut!«*, mit diesen Worten nimmt M. Captain Clio, seine Pappmaché-Marionette hoch und drückt sie an seine Brust. *»Es ist* mein *Leben! Dafür danke ich … mir?«*
M. lächelt gütig und verabschiedet sich in aller Freundschaft von seinen Wegbegleitern. In Dankbarkeit, aber auch ein bisschen mit Stolz auf sein Leben, setzt er die Pappmaché-Marionette sorgsam oben auf den Stapel aus Erinnerungen und Lebenskrücken. *»Es war wirklich schön Euch zu haben! – Doch ich brauche Euch nicht mehr!«*

25.

M. nimmt sich vor, nicht mehr zu fliehen und nicht länger zu suchen, doch beschäftigt ihn noch eine Frage. Seit Betulas Anruf hat sie ihn nicht losgelassen: Was war das für ein Theaterstück, in dem mitzuspielen sie ihm anbot?

Er beschließt nach langer Zeit wieder einmal den *Idols Bookstore*, seine Lieblingsbuchhandlung aufzusuchen, um nach der Lektüre des Stückes zu fragen. Es freut ihn, dass der Besitzer ihn mit Namen begrüßt, obwohl er seit Jahren nicht mehr hier gewesen ist. Es kann so angenehm sein, unerwartet seinen Namen zu hören. Seinen vollständigen Namen sprechen ansonsten immer nur Personen aus, die etwas von M. haben wollen oder ihn zu etwas zu bewegen versuchen. Hier verspürte er das Gefühl, man würde nichts von ihm erwarten, allenfalls, dass er nach vielen Jahren wieder einmal ein Buch kaufe. Verpflichtend ist der Klang seines Namens nicht, eher so, als wäre der mittlerweile greise Händler stolz und erfreut darüber, ihn wiedererkannt zu haben, obgleich er ihn, wie es aussah, überhaupt nicht erwartet hat. Irritiert von der persönlichen Begrüßung, will M. Zeit gewinnen, ehe er zu seinem Anliegen kommt und blättert vermeintlich interessiert in mehreren, ausliegenden Büchern. Das verschafft ihm die nötige Entspannung, um schließlich doch einen Anlauf zu nehmen, die Hilfe des Buchhändlers zu erbitten.

»Ich suche die Lektüre zu einem Theaterstück mit dem Titel »Lifealbum«. Wir werden es in unserer Theatergruppe aufführen und haben heute unsere erste Lesung. Es ist mir peinlich, aber leider kenne ich nicht einmal den Autor des Stückes. Ich bin mir sicher, sie können mir weiterhelfen.«

Der Händler entgegnet nichts und scheint wenig überrascht. Nach kurzer Suche hinter der Theke reicht er M. wortlos ein schmales Bändchen. M. setzt sich, das Buch in seinen Händen. Tatsächlich trägt es die Aufschrift *»LIFEALBUM«* ohne Nennung eines Autors und es ist innen reich mit Bildern bestückt. Es handelt sich eher um eine Graphic Novel, als um ein klassisches Theaterstück, denkt M.. Er streichelt lange die Seite mit dem ersten Bild, als spüre er etwas Kostbares zu berühren, ehe er schließlich zu lesen beginnt. Die Geschichte beginnt unspektakulär doch erstaunlicherweise kommt sie ihm von Anfang an bekannt vor. Er ist ständig versucht aufzuhören, weil er denkt, dieses Buch schon gelesen zu haben. Doch kann er nicht aufhören, das Gefühl wird immer stärker, er kenne beinahe jedes einzelne Wort dieses Stückes! Das Gefühl verdichtet sich zur Gewissheit: Mehr noch als hätte er das schon einmal gelesen, ist ihm als wüsste er darüber Bescheid, als hätte er es selbst erlebt! So kennt er nicht nur, was der Autor fokussiert, und was da geschrieben und gezeichnet steht. In seinem Kopf erzählt sich die Geschichte im Voraus von selbst weiter und sie breitet sich in seinem Kopf in alle Richtungen aus, noch ehe die Worte erscheinen. Sie läuft ihm geradezu schneller davon, als er sie zu lesen vermag. Dabei sieht er auch alles plastisch vor sich, was nicht unmittelbar geschrieben steht. Er kennt Dinge, die da nicht ausdrücklich erwähnt sind, die abseits der Handlung geschehen, wie nur er sie wissen kann. Es kann nur einen Grund dafür geben: Diese Geschichte ist seine – M.´s Lebens-Geschichte!

Er hält die Abschrift seines Lebens in Händen. Schweiß läuft in Rinnsalen über sein Gesicht. Er blättert chaotisch und wie besessen in dem Buch, dass ihn der Buchhändler von Weitem besorgt ins Visier nimmt. *»Das ist mein Leben«*, denkt M. *»Es ist mein Leben, verdammt!«*, schreit M. heraus. Wer hat es niedergeschrieben? Wer ist der Verfasser dieses Buches? Es war wirklich keiner auf dem Umschlag zu finden. Ein Anonymus hat seine Geschichte niedergeschrieben?

Wie ist das möglich, dass ein Unbekannter wortgetreu erzählt, was nur von ihm gewusst werden kann? Jedes Detail stimmt mit seinem Leben überein, alles, bis hin zu seinen Gefühlen, ist haarklein so, wie von M. erlebt, dargelegt. Er hält schließlich mit dem Lesen inne – kurz bevor das Buch sich seinem Ende neigt – just da er die letzten Seiten umzublättern gedenkt, auf denen geschrieben steht, dass er, M. eines Morgens den *Idols Bookstore* besucht. Da kennt er den Autor nur zu gut: Er selbst! Aber er hat keine Erinnerung, ein solches Manuskript verfasst zu haben! Was er da in Händen hält, kann und darf es eigentlich nicht geben, hält er dem Buchhändler vor, der nun, besorgt um M.´s Verfassung, zu ihm getreten ist und dem M. dabei vorwurfsvoll mit dem Büchlein auf die Brust hämmert. *»Nur Gott allein wäre in der Lage dieses Buch verfasst zu haben, und für gewöhnlich glaube ich nicht an einen solchen!«*

M. stutzt und überlegt: Ist vielleicht jedes Leben festgeschrieben in einem – wenn auch wahrlich schmalen – Taschenbuch? Und ist das hier *sein* Bändchen? Womöglich aus Versehen aus dem Wühltisch der göttlichen Bibliothek in diese Buchhandlung gepurzelt? Geradeso, wie er unter die Menschen geworfen ist? Während ihm, hilflos diesen Gedanken ausgeliefert, Schweiß am ganzen Körper austritt, knetet er das Büchlein mit beiden Händen. Der Buchhändler setzt sich behutsam neben M. und streicht sich mit ostentativer Gelassenheit seinen weißen Bart glatt. Da er sieht, wie sehr das Büchlein M. erregt, legt er diesem beruhigend eine Hand auf die Schulter und versucht ihm dabei mit sanften Worten das »Lifealbum« aus der Hand zu nehmen. Da wird M. ungehalten und er fährt den Buchhändler an. *»Wie kommt das Buch hierher?«* Der Buchhändler entreißt ihm schließlich mit strengem Blick das Werk und steckt es sorgfältig unter seine Weste. *»Verzeih! Es ist mein Versehen, und es tut mir außerordentlich leid – nichts als ein Versehen, mein Guter, das passiert auch mir manchmal. Ich wunderte mich bereits, als Du mich danach fragtest. Ich hätte Dir das Buch nicht aushändigen dürfen. Es sollte noch nicht veröffentlicht werden. Es ist noch nicht fertig!«*

26.

M. verlässt die Buchhandlung und wandelt dabei wie auf Wolken. Eine Gewissheit überkommt ihn: *»Die Freiheit, sie ist in mir!«*
Gegenüber in dem großen Park, unter einem Baum steht eine Bank, auf der sieht er drei graue Herren sitzen. Er hat diese noch nie gesehen, dennoch verspürt er eine Verbindung zu

ihnen und er geht seinem spontanen Bedürfnis nach, sich zu ihnen setzen zu wollen. Er nähert sich langsamen Schrittes und setzt sich wie selbstverständlich und ungefragt zwischen die Herren auf die Bank. Er weiß, sie werden ihm diesen Wunsch nicht versagen. Er sieht, wie sie ihm dabei nicht die geringste Aufmerksamkeit schenken. Vielmehr sind sie damit beschäftigt, das kuriose Geschehen ringsum im Auge zu behalten. M. bemerkt jetzt auch tollende mysteriöse Figuren, die um die Bank tanzen, die ihnen kaum bis zu den Knien reichen. Auf den Bäumen hocken Kreaturen, die freundlich herunter grüßen. An Ballons hängend schweben Kinder vorüber. Das einzigartige Tanzen und Toben ringsum lässt M. in Zufriedenheit fallen. Dabei scheinen sich alle seit langer Zeit zu kennen, keiner sich um den anderen zu kümmern und doch alle zusammen großen Spaß zu haben. Alle Beteiligten bewegen sich mit souveräner Selbstverständlichkeit, als seien sie so lange Zeit ihres Lebens bekannt miteinander, dass jeder Handgriff und jedes Wort nur noch auf Vertrautheit basiert. Fasziniert, ja geradezu verzaubert ist M. in die Beobachtung vertieft; erfasst und ergriffen, als hätte sein Körper von sich aus angefangen zu schwingen.

»Die Begleiter führen jetzt ihr Eigenleben«, sagt der Herr zu seiner Linken, den Kopf leicht zu M.

geneigt, jedoch ohne ihn dabei anzusehen. M. erkennt nun seine *»Begleiter«*. M.s Kopf fühlt sich leicht an. Wie auch vermutlich die, der anderen drei Typen neben ihm, die er noch nie gesehen hat, aber jetzt schon gut leiden kann. Zumindest erkennt er hier Dinge, die keinesfalls geschrieben stehen –, da endlich muss er lachen und ruft laut:

»Fühlt ihr den Funken in Euch noch glühen? Das wahre Selbst ist der Mehrwert über all dem öden Bloß-Menschlichen Treiben. Frage nicht, was Du bist! Frage Dich, was Du liebst! Man braucht keinen Plan mehr!«

Die anderen lachen verständig. Es überkommt M. ein Schauer und das Gefühl die Typen auf der Bank doch sehr gut und seit ewigen Zeiten zu kennen!

Und als hätten sie es geprobt und einer zählt ein, stimmen die Vier ein Lied an:

»We are sitting on a bench,
feeling like a Mensch …«

EPILOG

BETULA:

»Von M. habe ich, seit jener Absage, nie wieder gehört. Irgendwann ging es auch zu Ende mit unserer Theatergruppe und ich habe nicht mehr an ihn gedacht. Mich auch nicht länger über sein schroffes Verhalten geärgert. Ich redete mir ein, dass er offensichtlich meiner Hilfe nicht bedurfte. Er hat fortan vermutlich selbst bestimmt. Um mit den weisen Worten eines Philosophen zu schließen, frage ich: »Was also unterscheidet den Einfluss, den wir als Manipulation empfinden, von dem Einfluss, der die Selbstbestimmung nicht bedroht, sondern fördert?« *Darauf könnte man gut mit einem anderen Philosophen antworten:* »Der Mensch scheitert unwillentlich, aber nicht unverschuldet an seiner eigenen Freiheit, wenn er in Unaufrichtigkeit, Selbsttäuschung und Verlogenheit erstarrt.«*

M. hat sicher immer alles getan, um dem gerecht zu werden. Wir alle erlagen den Illusionen individueller Freiheit und einem Leben unbegrenzter Möglichkeiten und endloser Steigerung! Das sind die Maximen der Zeitgeistin! Wir haben uns ganz von selbst aus freiem Willen in ihren Dienst gestellt, und uns selbst beschleunigt.

Ich habe M. eigentlich immer geliebt. Und ich stelle ihn mir vor, wie er in einem Park auf einer Bank sitzt. Nein, nicht allein! Zusammen mit Freunden.«

Betula, 20XX

»Where you sit is how you stand.«

ZEITGEISTIN

S. 5: Williams, Paul, *Von hier aus können wir überall hingehen. Das Woodstock-Festival als erlebte Realität,* in: Peter Kemper u.a. (Hg.) *but I like it.* Jugendkultur und Popmusik, Stuttgart 1998, S.25-45, hier S.25.

S. 59: John Fitzgerald Kennedy, *Moon Speech*, Sept.12, 1962

S 60: Cathcart, Thomas/Klein, Daniel, *Platon und Schnabeltier gehen in eine Bar ...* S.101

S 63: Brunngraber, Martin, *Karl und das 20. Jahrhundert*, nach Magris, Claudio, *Donau. Biographie eines Flusses*, München 1988, S.82

S. 64: Matthäus 19,30

S. 65: Zuboff, S., *Zeitalter des Überwachungskapitalismus*, New York 2019, S. (Kindle Pos. 434)

S. 73: Hölderlin, Friedrich, *Hyperion*, München 1997, S.91/ Tübingen 1797/ 1799, S.120

S.76: Huxley, Aldous, *The Doors of Perception*, London 1954/München 1970

S. 83: Young, Edward (1683-1765), *Conjectures on Original Composition*

S. 85: Young, Neil, *Hey Hey My My*, 1984

S. 85: Dath, Dietmar, *Niegeschichte*, S.409

S. 86:
1- *Fanatismus > Verblendung*
2- *Rausch > Sucht*
3- *Selbstoptimierung > Konformismus*
4- *Egomanie > Hybris*
5- *Innovation > Extremismus*
6- *Selbstausbeutung > Narzissmus*
7- *Herdentrieb > Massenbildung*

S. 93: Herzog, Werner, *Jeder für sich und Gott gegen alle. Erinnerungen*, S.124, Hanser 2022

S. 104: Coupland, Douglas, *Der Mann, der seine Geschichte verlor*, in: ders., *Bit Rot*, S.160

S. 120: *»Fühlt ihr den Funken in Euch noch glühen?«*, Vgl. Aristoteles, *Nikomachische Ethik* X7, 1177b28: *»Das wahre Selbst ist das Göttliche in uns.«*

S. 120: *»Das wahre Selbst ist der Mehrwert über all dem öden Bloß-Menschlichen Treiben.«*, Welsch, Wolfgang, *Mensch und Welt*, S.33

S. 122: Rosa, Hartmut, *»Resonanz«*, Berlin 2016, S.662f.